Krautsand

von Peter Eckmann

<u>Zu dem Buch:</u>

Ein Auftragskiller erfährt, dass er Lungenkrebs hat, sein Arzt gibt ihm noch sechs Monate zu Leben.

Er entgeht einem Anschlag auf sein Leben, dabei rettet er der minderjährigen Prostituierten Julia das Leben. Mit deren kleiner Schwester führt er anschließend ein fast familienähnliches Leben zwischen Hemmoor und Krautsand. Alles scheint gut zu werden, wenn ihn nicht eines Tages seine Vergangenheit einholen würde…

Verbrecher versuchen, ihn auszulöschen, es gelingt ihm, sie zu töten, dafür wird er eingesperrt. Einen todkranken Mann kann das nicht beunruhigen. Es kommt jedoch anders…

Der Roman spielt 2005 zwischen Hemmoor und Krautsand.

Hinweis für die nicht ortskundigen Leser:

Osten ist in diesem Roman ein kleiner, realer Ort an dem Fluss Oste, keine Himmelsrichtung!

Peter Eckmann

Krautsand

Ein Thriller zwischen Hemmoor und Krautsand

Peter Eckmann

Krautsand

Ein Thriller zwischen Hemmoor und Krautsand

Alle Namen und Handlungen sind fiktiv,
eventuelle Ähnlichkeiten sind nicht beabsichtigt und wären rein
zufällig.

1. Auflage

ISBN: 978-3-7693-3943-7

Dieses Buch ist auch als E-Book erhältlich und kann über den
Handel bezogen werden.

Lektorat: Eva Maria Eckmann

Layout/Cover: Peter Eckmann

Verlag: BoD · Books on Demand GmbH, In de Tarpen 42,
22848 Norderstedt, bod@bod.de

Druck: Libri Plureos GmbH, Friedensallee 273, 22763 Hamburg

Inhalt

Victors Aufträge

Es ist das Jahr 1997, Februar. Gestern hat es kräftig geschneit, inzwischen ist der Schnee geräumt worden, schmutzigweiße Haufen an den Straßenrändern künden vom Fleiß der Hamburger Stadtreinigung.

Karl Kaufmann, genannt Charly, hält sich in seinem Lieblingslokal an der Reeperbahn auf. Er sitzt auf einem Hocker an der Theke und blickt nachdenklich in sein Bierglas, wo sich einige Bläschen zu einem Flecken Schaum zusammenfinden. Das Lokal ist das »Paradies«, es gehört seinem Freund und Auftraggeber Victor Gargarin. Charly ist 27 Jahre alt und hat Kraftfahrzeugmechaniker gelernt. Jetzt lebt er von Auftragsarbeiten für den Inhaber dieses Lokals. Der hat herausgefunden, dass Charlys eigentliche Fähigkeit nicht das Reparieren von defekten Motoren ist, sondern im gefühllosen Misshandeln von Menschen besteht. Es fand sich bisher niemand, der den

Mann, wenn er einen Auftrag hatte, bremsen konnte. Charly ist die Mensch-gewordene Dampfwalze, fast zwei Meter groß und 100 Kilogramm Lebendgewicht. Er mag manch ängstliche Naturen erschrecken, ein Besuch des Hünen reicht meist, um säumige Schuldner zum sofortigen Zahlen zu bewegen. Außerhalb seiner Geschäfte empfiehlt es sich ebenfalls, Karl Kaufmann aus dem Weg zu gehen.

Einmal hat er einem säumigen Zahler ein Messer in das Auge gerammt - seitdem sich das herumgesprochen hat, muss Victor »Vic« seinen Forderungen nicht mehr hinterherlaufen. Allein die Existenz seines groben und maßlosen Handlangers verwandelt selbst hart gesottene Schuldner in pflichtbewusste Zahler.

Er greift in seine Hemdtasche und zieht eine Schachtel Gauloises-Blau heraus. Verdammt, die ist bald leer, er muss sich um Nachschub kümmern. Er steckt sich eine Zigarette zwischen die Lippen und zündet sie mit dem vergoldeten Zippo an, dass er mal einem säumigen Schuldner abgenommen hat.

Eine kräftige Hand klopft auf seine Schulter. „Charly, du bist es also doch. Ich war mir bis eben nicht sicher." Es ist Victor Gargarin, sein bester und wahrscheinlich einziger Freund. „Ich lade dich ein. Was darf ich dir anbieten?"

Victor ist russischer Abstammung, er hat eine kräftige Statur – wenn auch nicht so furchterregend wie die von Charly. Er ist der ungekrönte König auf dem Kiez, woran sein Helfer nicht ganz unbeteiligt sein dürfte. Victor hat in seiner Jugend eine schlimme Akne durchlebt, weshalb seine Gesichtshaut von Narben bedeckt ist, die jede Mimik Victors in eine Fratze verwandeln.

„Tag, Vic. Warum bist du so freigiebig? Hast du einen Auftrag für mich?"

Victor verzieht sein Gesicht zu einer abschreckenden Grimasse. „Du kennst doch Nicole, meine Flamme?"

„Du meinst die mit den dunklen Locken und den blauen Augen?"

„Wen soll ich denn sonst meinen? Vorhin hat mir ein Freund gesteckt, dass der Syrer von dieser Nutten-Gaststätte seine schmutzigen Finger nach ihr ausgestreckt hat. Nicole hat die Treue nicht gerade gepachtet, aber mir wurde erzählt, dass sie dieses Mal unschuldig ist. Dieses Schwein hat sich an ihr vergriffen." Er zögert und blickt seine Fingernägel an, die sich, wie so oft, durch schwarze Ränder auszeichnen. „Details will ich dir ersparen, es soll heftig zugegangen sein. Dann bist du mir eingefallen?"

„Ich? Ich habe damit nichts zu tun gehabt."

„Nein, natürlich nicht. Du bist einer der wenigen, auf die ich mich verlassen kann. Aber du sollst mir helfen, diesem Djamal Barakat seine Flausen auszutreiben. Was denkt er, mit wem er sich eingelassen hat? So oder so, der muss einen Denkzettel bekommen, der sich gewaschen hat. Einem Victor Gargarin spannt man nicht so einfach die Freundin aus." Er stößt verärgert seinen Atem aus und ruft nach dem Kellner. „Ey, Zachi, bring mir ein Pils, vom vielen Erzählen ist meine Kehle ganz trocken geworden."

Der Gerufene kennt den Geschmack seines Chefs, außerdem weiß er, dass er nicht trödeln darf. Geduld gehört nicht zu den Stärken seines Chefs. Nur wenige Sekunden später steht das Gewünschte vor dem Russen.

„Wann soll es denn losgehen?", erkundigt sich Charly.

„Ich dachte an sofort. Ich habe gehört, dass Djamal jetzt in seiner Kneipe sein soll. Hast du ein Problem damit?"

„Nein, nein. Ich mein ja nur, vielleicht hätte ich was besorgen müssen."

„Nein, alles klar. Du hast deine Fäuste dabei, das sollte genügen. Ich will diesem Arsch eine Abreibung verpassen, die er nicht so schnell vergisst. Lass uns losfahren, sobald ich mein Bier ausgetrunken habe."

Der Syrer Djamal Barakat, Inhaber einer Kneipe in der Talstraße, sitzt nichts Böses ahnend an seinem Schreibtisch in seinem Büro. Er ist gut gelaunt, seine Gaststätte, das »Kupido«, hat sich nach anfänglichen Schwierigkeiten zu einem glänzenden Geschäft gemausert. Die Animierdamen hat er mit viel Geschick ausgewählt, seinen Kunden gefallen sie gut. Außerdem scheint es ihm gelungen zu sein, eine der schärfsten Mäuse vom Kiez, Nicole Sommer, diesem Victor Gargarin abspenstig gemacht zu haben. Diesem überheblichen Kerl wollte er ohnehin schon länger einen Denkzettel verpassen. Nun hat er eine heiße Nacht mit dessen Flamme verbracht. Das dürfte einige Probleme nach sich ziehen, er hat sich darauf vorbereitet. Er zieht die Schublade seines Schreibtisches auf und nimmt den schweren Revolver in die Hand. Er untersucht die Trommel, der 44er ist geladen, der macht ordentliche Löcher. Er legt die Waffe zurück in die Schublade, schiebt sie jedoch nicht ganz hinein. Außerdem hängt an seinem Hals, sauber verborgen unter dem Hemd, ein scharfer Dolch mit einer gefährlich langen Klinge. Für beide Waffen hat er keine Genehmigung, was soll's. Die Bullen von der Davidwache können nicht überall sein.

Er reckt seine Arme über den Kopf, gähnt, und lehnt sich entspannt zurück. Djamal ist kein kräftiger Mann, eher schmächtig. Seine Vorzüge sind sein tadelloses Aussehen - was Victor am meisten ärgert - sowie seine Freigiebigkeit.

Musik erschallt aus der Gaststätte nebenan, unbewusst klopft er mit den Fingern den Takt auf der Schreibtischplatte mit.

Die Tür wird mit einem kräftigen Schwung geöffnet und scheppert laut gegen die Wand. Herein stürmt Victor Gargarin. Gleichzeitig klirrt eine berstende Fensterscheibe. Eine große Gestalt klettert behände durch die Öffnung.

Djamals Hand zuckt zu der Schublade, um den Revolver heraus zu holen.

„Halt die Finger still, wenn du am Leben hängst." Es ist Charly, er legt seine kräftigen Pranken um den Hals des Mannes und drückt leicht zu.

Der Syrer weiß, dass er sich jetzt besser nicht wehrt, Charly ist für seine Skrupellosigkeit bekannt. Djamal versucht, nicht in Panik zu geraten, nur die Ruhe. Seine Aufmerksamkeit gilt jetzt dem Dolch, bei der nächsten Gelegenheit will er ihn aus dem Hemd ziehen und seine Angreifer vertreiben. Vielleicht bleibt auch einer auf der Strecke, das könnte er leicht mit Notwehr erklären.

Charly zieht den schmächtigen Kerl aus seinem Sessel. „Komm hoch, du Sack, dann können wir dich besser sehen!"

Victor greift dessen Hemd und zieht ihn zu sich. „So, mein lieber Djamal. Jetzt bist du dran. So einfach lass ich mir mein Mädchen nicht wegnehmen. Wie hättest du es gerne? Schnell und schrecklich oder schmerzhaft und lange?" Er blickt zu Charly und nickt, zum Zeichen, dass der jetzt anfangen kann. „Es wird lange, schrecklich und schmerzhaft, du Arschloch. Hast du gedacht, du kommst so davon?" Seine Stimme überschlägt sich vor Zorn.

Charly dreht den Mann, sodass er mit dem Gesicht zu ihm zu stehen kommt. Victor packt dessen Hände und hält sie auf dem Rücken fest. Dann schlägt Charly zu, ein heftiger Schlag in den Leib lässt den Kümmerling schreien, ein zweiter Schlag in das Gesicht fördert sofort Blut hervor. Eine aufgeplatzte Augenbraue beginnt heftig zu bluten und verdeckt ein Auge mit der roten Flüssigkeit.

Der Syrer bekommt mit einem Mal Todesangst. Charly bringt ihn um, ohne zu zögern, der Ruf geht ihm voraus. Mit der Kraft der Verzweiflung windet er sich wie ein Aal, es gelingt ihm, eine Hand aus der Umklammerung von Victor zu lösen. Er greift in sein Hemd und zieht den Dolch aus seiner Scheide.

Doch Charly wäre nicht Charly, wenn er das nicht sofort erkannt hätte. Blitzartig schnellt die Hand, die eben noch zur furchteinflößenden Faust geballt war, vor, und entwindet dem völlig verblüfften Djamal seinen Dolch.

Victor hat Djamal wieder fest im Griff, er steht hinter dem, hält ihn an den Händen und ruft: „Los, Charly! Stech' ihn ab, das Schwein!"

Der Gerufene zögert nicht. Er fasst den Dolch und treibt ihn mit einem kräftigen Stoß in die Brust des Syrers. Der Stich beginnt unterhalb des Rippenbogens auf der linken Seite und führt nach oben, punktgenau in das Herz. Ein großer Schwall Blut läuft Charly über die Hand, dann stürzt der Getroffene wie ein nasser Sack zu Boden.

„Sehr gut!", frohlockt Victor. „Das wäre erledigt. Nun lass uns schnell verschwinden."

Der Mord an dem Syrer blieb nicht so unbemerkt, wie sie dachten. Ein Zeuge hat Charly erkannt, als er durch das Fenster kletterte. Bevor er sich versieht, sitzt er in Untersuchungshaft und wartet auf seine Verhandlung. Er glaubt sicher, dass ihn Victor schon irgendwie raushauen wird - aber alles, was von

Victor kommt, ist die inständige Bitte, ihn raus zu halten, seinen Namen nicht zu erwähnen. „Wenn du brummen musst, erhältst du Schweigegeld von mir, ich lass dich nicht im Stich!"

***

Victor Gargarin hat Wort gehalten. Was nicht geklappt hat, war der Versuch, die Tötung des Syrers als Notwehr darzustellen. Die Verteidigung musste sich mit Totschlag zufriedengeben. Dafür, dass Charly Victor rausgehalten hat, erhält er für jedes Jahr im Knast 25,000 Euro Schweigegeld. Fünf Jahre muss er brummen.

Die Zeit verging nicht so schnell, wie er erhoffte, er stand oft am Gitter-bewehrten Fenster und sann über sein Leben nach. Hat er etwas verkehrt gemacht? Ja! Er muss in Zukunft besser aufpassen, damit er nicht erwischt wird.

Die anderen Häftlinge gehen ihm auf den Nerv. Einige versuchen, ihn in ein Gespräch zu verwickeln, aber daran hat Charly kein Interesse. Es genügt, dass er sie bitterböse ansieht, dann vergeht ihnen ihr Ansinnen.

***

März 2005, Charly ist seit drei Jahren wieder in Freiheit. Er arbeitet wieder für Victor und verdient gut dabei. Von Victors Schweigegeld hat er sich einen Wohnwagen und einen Ford Ranger Pick-up als Zugfahrzeug gekauft. Der Caravan steht nun auf dem Stellplatz am Heiligengeistfeld, dort schläft Charly und kommt auf die Weise ohne Wohnung aus. Den Rest des Geldes – fast 80.000 Euro – hat er in seinem Wohnwagen versteckt.

Er liegt auf dem Bett im Heck und blickt an die Decke. Immer wieder lässt er sich die Worte des Arztes von heute Morgen durch den Kopf gehen.

Vor zwei Wochen war er in eine heftige Schlägerei verwickelt worden und hat sich von einem Baseballschläger einige heftige Schläge eingefangen, Schläge, die noch lange Zeit danach schmerzten.

„Geh doch zum Arzt", hat ihm Vic geraten, „Ich kenne da jemanden, der steht in meiner Schuld. Der macht es ohne Chipkarte. Vielleicht hast du eine gebrochene Rippe."

Charly ist dem Vorschlag gefolgt. Beim Arzt wurde sein Brustkorb geröntgt, anschließend wurde er in das Sprechzimmer gebeten.

„Herr Kaufmann, ich denke, es war gut, dass Sie sich gemeldet haben."

„Warum? Ist etwas gebrochen?"

„Nein, das nicht, in der Hinsicht kann ich Sie beruhigen. Es ist lediglich eine Rippe angebrochen, die heilt von allein. Was mir Sorgen bereitet, sind mehrere dunkle Punkte in der Lunge, vielleicht 10 bis 15 Millimeter groß. Hier -" Er zeigt auf zwei Röntgenbilder, die vor einer von hinten beleuchteten Scheibe hängen – „, sehen Sie, hier und hier." Er zeigt mit dem Finger auf ein paar verwaschene, dunkle Flecken.

„Was bedeutet das?", fragt Charly, schon etwas genervt, weil ihm dieser Kerl zu lange um den heißen Brei herumredet.

„Sie haben ein Bronchialkarzinom, also Lungenkrebs. Wie weit es fortgeschritten ist und wie lange Sie noch zu leben haben, kann ich Ihnen jetzt nicht sagen. Dafür müssten eine Biopsie und weitere Untersuchungen durchgeführt werden."

Charly fehlen einen Moment die Worte und er hält die Luft an. Lungenkrebs? Untersuchungen? Was geht da in ihm vor?

„Nun sagen Sie schon, Doktor, wie lange habe ich noch zu leben? Nur ungefähr?"

Der Mann im weißen Kittel wiegt bedächtig den Kopf. „Das ist im Moment schwer zu sagen. Von Vorteil könnte es sein, dass Sie noch so jung sind."

Charly platzt gleich der Kragen. „Kommen Sie zur Sache, Mann. Sie sind doch der Mediziner, nicht ich!" Wenn der nicht bald konkret wird, wird er ihn kennenlernen!

„Na ja, vielleicht sechs Monate. Ich sagte schon, es fehlen noch weitere Untersuchungen."

Scheiße! Charly springt auf und verlässt in Panik die Praxis. Noch ein Wort mehr und er hätte diesen Mistkerl wegen seiner beschissenen Botschaft niedergeschlagen. 6 Monate! Das ist eine verdammt kurze Zeit! Was kann er jetzt machen? Gibt es irgendetwas, was er vor seinem Tod noch erledigen sollte? Nein, da ist nichts. Er hat keine Weltreise geplant, keine Kreuzfahrt. Oder doch? Sollte er irgendetwas vorbereiten?

Das Klingeln seines Handys bringt ihn in die Wirklichkeit zurück. Es ist Victor. „Was gibt es?", knurrt er in das Gerät.

„Hast du Zeit?"

„Was ist denn das für eine bescheuerte Frage? Zeit habe ich genug." Ausgerechnet jetzt kommt ihm Victor mit der Frage nach Zeit. Vor dieser teuflischen Diagnose war »Zeit« ein weiter Begriff. Eine Stunde oder so…. Jetzt schwirren ihm dauernd 6 Monate durch den Kopf. Und nun soll er in dieser knappen Zeit für seinen Freund Victor dessen Kohlen aus dem Feuer holen. Er seufzt, was soll er sonst machen? Er ist dessen Sklave oder Leibeigener. „Was gibt es?"

„Ich habe einen Auftrag für dich. Kannst du zu mir kommen? Ich bin im Paradies, noch etwa für die nächsten zwei Stunden."

„Klar, ich komme. Aber nicht, dass es wieder so endet, wie das letzte Mal. Vom Knast habe ich nach fünf Jahren die Nase voll."

„Aber nicht doch, es ist ein ganz einfacher Job. Ich erwarte dich also."

„Gut, ich bin gleich bei dir." Charly schließt den Wohnwagen ab. Dann öffnet er ein Fahrradschloss und hebt sein E-Bike von der Ladefläche des Pickups. Es ist seine neueste Errungenschaft. In der Stadt ist er damit schneller unterwegs als mit dem unhandlichen Ford Ranger. Außerdem kann er nicht so einfach verfolgt werden, da er jede Lücke und jede enge Passage nutzen kann. Das E-Bike hat einen extra starken Motor und fährt damit über 50 km/h. Er benötigt ein Versicherungskennzeichen, das liegt jedoch in einer Schublade seiner fahrbaren Behausung. Die Schmiere kann ein E-Bike sowieso nicht von einem Pedelec unterscheiden. Außerdem kann sich so niemand sein Kennzeichen notieren, wer weiß wozu das mal gut sein könnte. Für eventuelles Gepäck ist das Rad mit einem Gepäckträger und einer Packtasche ausgestattet.

Victor bittet ihn mit einem verschwörerischen Lächeln in sein Büro. „Kennst du meinen Steuerberater?"

„Nein, wieso sollte ich?"

„Nur so allgemein. Er heißt Erjon Marku und ist Albaner. Sein Büro befindet sich an der Elbchaussee. Ich habe ihm mal einen Ordner über bestimmte Geschäftsverbindungen gegeben. Je länger ich darüber nachdenke, desto eher möchte ich den Ordner wieder zurückhaben. Er ist rot und ist mit HHLA beschriftet."

„Ist das nicht die Hamburger Hafen und Lagerhaus AG?", wundert sich Charly.

Victor räuspert sich unwohl. „Ja, das mag wohl sein. Der Job ist also ganz einfach. Fahre hin und lass dir den Ordner geben. Ja- eines noch – fahr' unbewaffnet dorthin."

Charlys Nackenhaare stellen sich auf – unbewaffnet? – das ist neu. „Warum denn das?"

„Dieser Erjon ist misstrauisch. Er kennt dich nicht, vielleicht rückt er den Ordner nicht raus. Du musst einen harmlosen Eindruck erwecken."

„Gut, ich mach das. Wann soll ich den Ordner holen?"

„Fahr' heute hin, er ist den ganzen Tag im Büro. Ich habe an 14:00 Uhr gedacht. Falls du ihn nicht antriffst, musst du es noch einmal versuchen. Ich gebe dir 1000,- Euro, wenn du mir den Ordner aushändigst."

„Das klingt nach einem fairen Deal, ich mache es. Der Ordner ist praktisch schon bei dir."

Eine Frau kommt zu den beiden, sie hat ein Durchschnittsgesicht, dafür einen betörenden Körper, der von einem roten Kleid verhüllt wird.

„Du kennst doch Denise?", fragt Victor.

Charly blickt irritiert auf die verführerische Erscheinung. „*Du*, Denise?"

Die legt einen Arm um Victor. „Warum denn nicht? Du konntest mir auf Dauer außer deinem Wohnwagen nichts bieten."

Charly blickt sie nachdenklich an. Denise hat ihn vor zwei Monaten verlassen, jetzt lässt sie sich offenbar von Victor ficken. Soll sie, es ist nie Liebe zwischen ihnen gewesen, wahrscheinlich ist er zu so einem intensiven Gefühl ohnehin nicht in der Lage; trotzdem kränkt es ihn, wie schnell Denise sich neu orientiert hat.

Victor muss sie einen Moment verlassen. „Dass mir keine Klagen kommen", droht er im Scherz.

Charly mustert seine ehemalige Flamme. „Ist er gut zu dir?"

„So gut wie du auf jeden Fall."

„Gut, das ist wohl nicht schwierig. Hast du ihm von mir erzählt?"

„Von dir? Was soll ich ihm da wohl erzählen?"

„Na, ja. Was ich über seine Geschäfte weiß, ich bin schließlich bei fast allen seinen Aktionen dabei."

Sie schüttelt den Kopf. „Nein, eigentlich nicht."

„Eigentlich – was heißt das?"

„Vic hat mir mitunter Fragen gestellt, ob du dieses oder jenes weißt."

„Er hat dich danach gefragt?", stellt Charly überrascht fest. Warum hat Victor Interesse an dem, was er von ihm weiß? Das hat ihn doch noch nie interessiert, Victor hat immer betont, dass er Charly völlig vertraut.

„Na ja, ich habe ihm gesagt, was ich wusste." Denise ist unbekümmert.

Victor kommt zurück. „Na, ist die alte Liebe wieder aufgeflammt?", fragt er im Scherz.

Denise streckt ihm die Zunge raus, Charly ist für einen Moment verstummt.

**

Sein Helfer hat gerade das Paradies verlassen, als Victor sein Handy zückt. „Valentin, ich bin's, Victor. Es kann so laufen wie besprochen, 14:00 Uhr ist abgemacht. Bring' noch zwei Männer mit, es könnte Schwierigkeiten geben."

Charly ist wieder in seinem Wohnwagen und lässt sich das Gespräch von vorhin durch den Kopf gehen. Warum, um alles in der Welt, hat Vic Denise nach ihm ausgefragt? Da stimmt doch etwas nicht. Zweifelt er etwa an seiner Loyalität?

Heute Nachmittag soll er die Unterlagen abholen. Ein einfacher Job. Warum dann der Hinweis, auf jeden Fall unbewaffnet zu sein? Für Charly ist das ein triftiger Grund, auf jeden Fall bewaffnet zu sein. Er wird die Waffen verstecken, sodass sie nicht bemerkt werden; er ist schließlich kein Anfänger.

Seinen 38er steckt er in den Stiefel, ein Wurfmesser befestigt er in einer Scheide hinten am Gürtel. Der besondere Clou ist ein Feder-betriebenes Messer. Es wird in einer Scheide geführt, die er am rechten Unterarm unter dem Hemd befestigt. Es ist vorgespannt, wenn er nun das Handgelenk dreht, wird ein Auslöser betätigt und das Messer springt ihm in die Hand.

So vorbereitet setzt er sich in seinen Pick-up und fährt in Richtung Elbchaussee. In Höhe des Hohenzollernrings parkt er sein auffälliges Fahrzeug und legt den letzten Kilometer mit seinem E-Bike zurück. Das Wetter ist gut. Lediglich ein kräftiger Gegenwind weht von vorn. Dank des starken Motors muss er nicht darüber nachdenken. Er ist früh dran, es ist Viertel vor zwei, als er das Büro des Steuerberaters erreicht. Er schiebt das Rad zwischen die Sträucher, dann geht er zur Tür. Das Einfamilienhaus ist von hohen Bäumen umgeben, leise rascheln die Blätter im Wind. Neben der Tür ist ein emailliertes Schild befestigt.

Erjon Marku - Steuerberater

Hier ist er also richtig. Er klopft – keine Reaktion. Er klopft noch einmal, etwas heftiger. Wieder meldet sich niemand. Es muss jemand da sein, er hört Geräusche von innen. Er drückt die Türklinke hinunter und drückt gegen die Tür. Sie lässt sich öffnen, ohne zu zögern tritt er ein.

„Hallo!", ruft er und geht den Stimmen nach. Er landet im Schlafzimmer. Ein Mann – ist es dieser Steuerberater? - liegt mit einer Frau auf dem Bett und vögelt sie. Sie sind beide in das Liebesspiel vertieft und bemerken ihn nicht. Neben dem Bett steht ein Stuhl, darauf sitzt ein Mädchen, vielleicht 18 Jahre alt und sieht Charly erschrocken an. Die Gardinen sind zugezogen, eine Nachttischlampe ergießt dunkelrotes Licht über die Szenerie.

„Hallo!", ruft Charly, um sich bemerkbar zu machen.

Das klappt. Der Mann rollt sich von der Frau herunter und blickt ihn böse an. „Was gibt es so Wichtiges, dass du hier reinplatzt, du Idiot?"

Die Frau ist etwa Mitte dreißig, hat blonde Haare und ein Durchschnittsgesicht. Sie scheint froh zu sein, dass ihr Gerangel mit dem Albaner für einen Moment unterbrochen worden ist.

„Sorry, wir sind verabredet. Ich soll im Auftrag von Victor Gargarin einen Ordner abholen."

Der Mann sieht ihn an, als wäre er ein Gespenst. „Das ist alles? Bist du bescheuert? Wenn du den Ordner von der HHLA meinst, der liegt in meinem Büro am Fenster. Jetzt raus hier!"

„Schon gut, schon gut, ich geh' ja schon." Charly wendet sich, schließt die Tür und geht in den Nebenraum. Hier stehen ein großer Schreibtisch und mehrere Aktenschränke – das dürfte das Büro sein. Auf der Fensterbank findet er tatsächlich den Ordner, rot und mit HHLA beschriftet. Er nimmt ihn und dreht sich zur Tür.

In dem Moment wird die Haustür aufgestoßen, drei Männer stürmen herein. Jeder von ihnen ist mit einer Pistole mit

Schalldämpfer bewaffnet. Sie haben sich Skimasken über das Gesicht gezogen und tragen schwarze Westen und Springerstiefel, unverkennbar Profis.

Charly springt zurück ins Büro und zieht die Tür hinter sich zu. Doch er ist bemerkt worden. Ein Mann läuft ins Schlafzimmer, leise hört Charly den gedämpften Laut eines Schusses. Das Mädchen schreit.

Die anderen zwei Männer reißen die Tür zum Büro auf und richten ihre Pistolen auf ihn. „Hände hoch!"

Gegen die Schusswaffen ist Charly machtlos, gehorsam hebt er die Arme. Einer der beiden zieht einen Schlagstock aus seinem Gürtel und schlägt ihn damit über den Schädel. Vor seinen Augen wird es schwarz, er sackt ohnmächtig zu Boden.

Das Brummen in seinem Schädel wird leiser, Charly versucht, die Augen zu öffnen. Langsam dringt Helligkeit in seinen Verstand. Blut ist ihm vom Schädel in die Augen gelaufen. Er liegt am Boden, sein Kopf schmerzt wie verrückt. Aus dem Schlafzimmer hört er Stimmen. Er stellt fest, dass er durchsucht worden ist, sein Messer im Gürtel hat man gefunden, sowie den Revolver in seinem Stiefel. Nur das Federmesser an seinem rechten Unterarm hat man nicht entdeckt.

Ein Mann kommt aus dem Schlafzimmer. „Du bist also wach geworden - steh auf!" Er richtet seine Waffe auf Charly und dirigiert ihn in Richtung Schlafzimmer, wo sich offenbar die beiden anderen Männer mit der Frau beschäftigen.

„Was wollt ihr von mir?", fragt Charly. Doch der Mann schüttelt nur den Kopf, dann schlägt er mit der Pistole gegen Charlys Schädel, der täuscht ein Stolpern vor, er sackt etwas zusammen. Im selben Moment löst er sein Federmesser aus, fasst den Griff des Messers und jagt dem Mann die Klinge in den Hals. Blut spritzt heraus und läuft ihm über die Hand, der Mann stürzt zu Boden.

Die Männer im Schlafzimmer haben offenbar mitbekommen, dass nebenan etwas passiert. Sie springen halb nackt vom Bett und stürmen ins Zimmer. Sie heben ihre Waffen und geben Schüsse auf Charly ab.

Der hat sich hinter dem am Boden liegenden Toten verschanzt, er spürt dessen Wärme. Bei jedem Einschuss zuckt der Körper, als wenn noch Leben in ihm stecken würde. Da entdeckt Charly seinen Revolver, er steckt im Gürtel des Toten vor ihm. Er zieht ihn heraus und erwidert das Feuer. Den einen Mann trifft er genau in den Kopf, Teile des Schädels fliegen durch die Luft.

Der andere blickt erschrocken herunter zu seinem Kollegen - als er wieder aufblickt, trifft ihn eine weitere Kugel. Sie dringt in die Stirn ein, er fällt wie vom Blitz getroffen zu Boden.

Charly springt auf und läuft ins Schlafzimmer. Vor dem Bett auf dem Boden liegt der tote Steuerberater. Ein blutiges Loch in der Schläfe lässt keinen Zweifel an seinem Zustand, ein Teil der Schädeldecke fehlt. Die Frau auf dem Bett ist nackt, sie liegt auf dem Bauch und rührt sich nicht, ihre Arme und Beine sind mit Blutergüssen bedeckt.

Das Mädchen sitzt immer noch auf dem Stuhl, sie hat ihre Knie angezogen und die Arme um die Beine geklammert. Angsterfüllt blickt sie Charly an. Sie weint, ihre Wimperntusche ist verlaufen und bildet nun zwei dicke, schwarze Streifen auf den Wangen.

„Ich tu' dir nichts", sagt Charly und streckt seine Hand aus. „Komm mit, bevor die Polizei oder noch weitere Verbrecher kommen."

Die Kleine erhebt sich vom Stuhl und folgt ihm, ohne zu zögern.

Fast wäre Charly über den roten Ordner gefallen, er liegt am Boden vor ihm. Er bückt sich und hebt ihn auf, irgendwie scheint das Scheiß-Ding mit diesem Massaker zusammen zu hängen.

Vor dem Haus holt Charly sein Fahrrad aus dem Gebüsch. Er verstaut den Ordner in der Packtasche und wendet sich an das Mädchen. „Wir müssen ein Stück mit dem Rad fahren. Setz' dich auf den Gepäckträger und halt' dich an mir fest."

Nach ein paar Minuten haben sie seinen Pick-up erreicht. Charly legt das E-Bike auf die Ladefläche und verstaut den Ordner auf der Rückbank, das Mädchen setzt sich auf den Beifahrersitz. Er startet sein Auto und fährt los, in Richtung des Stellplatzes am Heiligengeistfeld.

„Wie heißt du?", fragt er seine Begleiterin.

„Julia. Du kannst mich auch Julchen nennen."

„Was hast du da gemacht? Wer war die Frau?", möchte er wissen.

Julchen fängt wieder an zu weinen, sie wischt sich mit dem Handrücken Tränen aus dem Gesicht. Zusammen mit der verlaufenen Wimperntusche sieht sie aus, wie für Halloween zurechtgemacht. „Das war meine Freundin Jenny. Glaubst du, dass sie tot ist?"

„Könnte sein. Ich bin sicher, dass die Polizei und die Rettung bald kommen werden, meine Schüsse sind bestimmt nicht überhört worden, denn mein Revolver ist ohne Schalldämpfer. Die werden sich um sie kümmern."

Das Rathaus Altona liegt jetzt hinter ihnen, Charly fährt auf der Königstraße in Richtung Kiez. „Was habt ihr da gemacht?", wiederholt er seine Frage.

Julia blickt in den Fußraum. „Jenny ist Prostituierte und hat mich bei ihren Jobs immer mitgenommen, um dabei mitzumachen. Ich sollte mich auch dieses Mal wieder beteiligen. Sie sagte, dass ich sehr hübsch bin, mit einem niedlichen Busen, das wollen die Männer haben. Ich sollte gerade ran, da bist du dazwischengekommen."

„Das kann man jetzt als Vorteil sehen. Oder auch nicht, am Ende sind 5 Tote dabei herausgekommen. Willst du so was machen? Solchen Typen ausgeliefert sein?" Er blickt seine Beifahrerin an. Eigentlich ist sie recht hübsch, sie hat auffallende, blaue Augen und blonde Haare. Zu dem Gesicht kann man jetzt nichts sagen, es sieht aus, wie für eine Gruselszene vorbereitet.

Julia zuckt mit den Schultern. „Richtig schlimm wurde es, als diese drei schwarz gekleideten Männer gekommen sind", setzt sie ihren Bericht fort. „Sie haben Jenny hart genommen und geschlagen, sie hat vor Schmerzen geschrien. Zu mir haben sie gesagt, dass ich als Nachtisch dran bin." Sie schüttelt sich bei dem Gedanken an das Massaker.

Charly hat den Stellplatz erreicht. Er rangiert den Pick-up vor den Wohnwagen und kuppelt ihn an. Dann verlässt er mit dem Gespann das Heiligengeistfeld und den Kiez.

Julia hat tausend Fragen. „Das mit dem Wohnwagen ist ja praktisch. Wohnst du immer darin? Wo fahren wir hin?" Und dann: „Könntest du über Lurup fahren?"

„Kann ich machen, das ist in der Nähe der Autobahnauffahrt. Was willst du denn in Lurup?"

„Da ist etwas, was ich abholen möchte. Bitte, es ist mir sehr wichtig."

»Swatten Weg« heißt die Straße, in die er abbiegt. Zu Beginn ist sie von niedrigen Häusern gesäumt, die schließlich immer häufiger Bäumen weichen. Charly hält auf Geheiß von Julia mit seinem Gespann vor einem Reihenhaus.

„Einen kleinen Moment, ich bin gleich zurück." Sie eilt mit raschen Schritten zu dem Eingang, unter ihrem Kleid sind dünne, fast knochige Beine zu sehen.

Nach wenigen Minuten kommt sie mit einem kleinen Kind an der Hand zurück. „Darf ich vorstellen, das ist Angelina, meine kleine Schwester."

Entsetzt blickt Charly auf die kleine Person. Sie ist etwa drei Jahre alt, hat blonde Haare und hat wie ihre Schwester ein niedliches Gesicht. „Du willst ein Kind mitnehmen? Das gibt nur Probleme!", schimpft er. „Immer hängen sie einem wie ein Klotz am Bein, man muss ständig auf sie Rücksicht nehmen und auf sie aufpassen. Nein, das geht nicht!"

„Bitte, Charly. Meinetwegen, sie ist mir sehr wichtig."

Irgendwie rührt sie ihn, wie sie vor ihm steht und Gefühle bei ihm hervorruft, von denen er annahm, dass er sie nicht besitzt. Er seufzt genervt. „Also gut, ich gebe ausnahmsweise klein bei. Wird die Kleine in dem Haus nicht vermisst? Nicht, dass die Bullen ihretwegen hinter uns her sind!"

„Ach wo, die Lütte wird nicht vermisst, das kannst du mir glauben", sagt Julia, es klingt ein bisschen bitter.

„Also gut, pass auf, dass die Kleine sicher sitzt und schnall sie an." Puh, was ist mit ihm los? Ist vielleicht etwas von einem Weichei in ihm versteckt? Die Kleine könnte jedoch seine Tarnung verbessern. Man wird nach einem einzelnen Mann suchen, nicht nach so etwas wie einer Familie.

Der Zufluchtsort

Charly fährt mit seinem Wohnwagen zur A7, der Autobahnauffahrt Volksdorf.

„Wo fahren wir hin?", fragt Julia.

„Ich kenne in Richtung Cuxhaven jemand, da können wir für eine Weile unterkommen. Mach' dir keine Sorgen, dir und deiner Schwester wird nichts passieren."

Sein Handy klingelt. Scheiße! Wer kann das sein? Hat man die Toten im Haus des Steuerberaters schon gefunden? Das kann er jetzt gar nicht gebrauchen. Er blickt auf das Display. »Victor« steht dort. Es scheint angeraten, den Anruf nicht anzunehmen, wer weiß, ob Victor nicht der Auftraggeber des Massakers an der Elbchaussee war. Seine Anweisung, ohne Waffen zu der Verabredung mit dem Steuerfritzen zu gehen, bekommt jetzt eine völlig neue Bedeutung. Er schaltet das Handy aus, hält es mit zwei Fingern wie eine heiße Kartoffel. Bloß weg damit, es könnte ohnehin von der Schmiere geortet werden, dann haben sie ihn. Julia könnte sich auf ihren Namen ein Prepaid-Handy besorgen, dann wären sie nicht ganz von der Außenwelt abgeschnitten. Er dreht das Fenster hinunter und wirft das Gerät in großem Bogen auf die Autobahn.

Der Verkehr ist zäh, auf der wichtigsten Verkehrsader von Nord nach Süd ist das der Normalzustand. Charly reiht sich mit seinem Wohnwagen-Gespann in die lange Schlange der Lastwagen ein und zuckelt entspannt Richtung Süden. Sie sind jetzt in dem Tunnel, der die Elbe unterquert.

„Hast du jemanden, den du informieren musst? Eltern?", fragt er seine Begleiterin.

Die schüttelt den Kopf. „Nein, ich habe keinen Vater. Meine Mutter ist Prostituierte, die vermisst mich bestimmt nicht. Die ist froh, wenn sie sich nicht um mich kümmern muss."

Charly nickt. Ihr Schicksal ist kaum besser als sein eigenes. Seine Eltern sind bei einem Verkehrsunfall ums Leben gekommen, als er gerade mal fünf Jahre alt war. Dann ist er bei häufig wechselnden Pflegeeltern untergekommen, die mehr an dem Geld interessiert waren, das sie vom Jugendamt erhielten, als an dem kleinen Jungen, der ohne jegliche Zuneigung aufwachsen musste.

Sie erreichen die Harburger Berge, Charly verlässt die Autobahn und folgt der Bundesstraße 73 in Richtung Cuxhaven. Der Verkehr ist nicht weniger dicht als auf der Autobahn, viele Ortsdurchfahrten verhindern eine flotte Fahrt.

Sie fahren an Stade vorbei, schließlich erreichen sie Hemmoor. „Wir sind gleich am Ziel, vielleicht noch eine Viertelstunde", versucht er Julia aufzumuntern.

Die kümmert sich um Angelina, für sie ist die lange Fahrt sichtlich unbequem. Leise spricht sie mit ihr, um sie abzulenken.

Am Fliesenmarkt am Ortsende Hemmoor biegt Charly in Richtung Westersode ab. Julia verfolgt aufmerksam seinen Weg. „So richtig viel los scheint hier nicht zu sein", stellt sie nüchtern fest.

„Sei froh, dass es so ist. Hier findet uns niemand. Für dich müssen wir noch eine Beschäftigung finden, als Nutte - das geht ja gar nicht; vor allem, weil deine Mutter auch auf diese Weise ihr Geld verdient hat."

„Was soll ich denn sonst machen? Ich habe nichts gelernt", erwidert sie deprimiert.

„Irgendetwas findet sich immer, das besser ist, als sich den Männern anzubieten", konstatiert Charly. „Du hast doch heute gesehen, was alles passieren kann. Wildgewordene Kerle, die sich auf dich stürzen, wie Wölfe auf eine Schweinehälfte. Wir werden etwas finden, vielleicht als Bedienung im Café oder so etwas."

Julia sagt nichts mehr, sie lehnt sich zurück und drückt die kleine Hand von Angelina.

Charly biegt nach Westersode ab, einen halben Kilometer weiter – kurz vor Ortsende – haben sie das Ziel erreicht. Er biegt in die Nordhoopstraße ein, fährt ein kleines Stückchen und hält schließlich an.

Julia sieht aus dem Fenster, tonlos sagt sie: „Hier ist also das gelobte Land. Auweia."

„Es wird euch beiden gefallen, da bin ich sicher. Falls nicht, lässt sich das nicht ändern, wir haben keine Wahl."

Das Grundstück wirkt ungepflegt, etwa 20 Meter hinter dem rostigen Zaun steht ein kleines Haus aus roten Ziegelsteinen und einem Dach aus grauem Well-Eternit. Charly geht darauf zu, gefolgt von Julia, die hält ihre kleine Schwester an der Hand. Er sieht sich prüfend um und klopft an die Tür. Es meldet sich niemand, das Haus sowie das ganze Grundstück wirkt wie ausgestorben. Er sucht am Boden in der Nähe der Tür, hebt ein paar Steine hoch und hält triumphierend einen Schlüssel in die Höhe. „Das Haus scheint im Moment leer zu sein, wir können aber trotzdem hinein." Er öffnet das Schloss und drückt gegen die Tür. Sie klemmt, er muss etwas Kraft aufwenden. „Geh schon mal rein und sieh' dich um, ich werde das Auto und den Wohnanhänger auf das Grundstück fahren."

Vorsichtig betritt Julia das Haus mit der kleinen Schwester an der Hand. „Hier werden wir ab jetzt wohnen, was sagst du dazu?"

Die Kleine dreht ihren Kopf und sieht sich mit ihren blauen Augen um. „Sind wir hier ganz alleine?", piepst sie mit ihrer hellen Kinderstimme.

„Erst einmal ja. Vielleicht finden wir Kinder in deinem Alter in der Nachbarschaft. Wir werden uns morgen mal umsehen", beruhigt sie das Mädchen.

Charly öffnet das Gartentor. Neben dem Haus steht ein Schuppen, groß genug für den Caravan. Hier steht kein Auto, seine Bekannte scheint eventuell verreist zu sein. Wohnt sie vielleicht gar nicht mehr hier? Ist sie vielleicht sogar tot? Er hat zum letzten Mal vor einem Jahr mit ihr telefoniert.

Er wendet sein Gespann und schiebt den Anhänger mit dem Pick-up in den Schuppen. Er hängt den Wohnwagen ab und parkt sein Fahrzeug davor. Er schließt den Schuppen und das Gartentor, jetzt ist auf den ersten Blick nichts mehr zu sehen. Zufrieden wendet er sich ab und betritt das kleine Haus.

Julia und Angelina inspizieren alle Räume, die Kleine soll sagen, wie es ihr gefällt. „Vielleicht finden wir ein Bettchen für dich, sag Bescheid, wenn du eines siehst."

Das Haus ist leidlich aufgeräumt, Staub liegt überall. Es gibt drei Räume, ein kleines Badezimmer, eine Toilette und eine kleine Küche. Das Wohnzimmer wirkt gemütlich, Julia zieht die Vorhänge auf, öffnet die Fenster und lässt die letzte Sonne des schwindenden Tages herein. Hellbraune Tapeten harmonieren mit gelben Gardinen. Ein Raum ist ein Schlafzimmer, ein Bett steht darin, ein Federbett liegt darauf. Die Jalousie ist heruntergelassen, der Raum riecht muffig. Julia zieht die Jalousie nach oben und öffnet das Fenster, um frische Luft hereinzulassen. Der letzte Raum scheint als Abstellraum verwendet worden zu sein. Ein Tisch und ein paar Stühle sind das einzige Inventar.

Charly blickt zum Briefkasten, Post quillt daraus hervor, ein paar Zeitungen liegen davor am Boden. Seine Bekannte scheint schon länger fort zu sein. Er sammelt die Zeitungen auf und nimmt sie mit ins Haus. Er geht zu Julia, die in der Tür zu dem Abstellraum steht und sich prüfend umsieht.

„Wie sieht es aus? Hast du schon etwas zum Schlafen gefunden?"

„Irgendwie schon, es fehlt jedoch ein Bett für mich und meine Schwester."

„Das ist nicht schlimm. Bis wir das geklärt haben, schlage ich vor, dass du mit ihr in dem Bett im Schlafzimmer schläfst. Für mich werde ich schon etwas finden, mir genügt vorerst eine Matratze oder eine Decke. Zur Not könnte ich auch im Wohnwagen schlafen."

„Das würdest du für uns tun?" Julia staunt.

Charly wundert sich über sich selbst, es ist eigentlich nicht sein Ding, sich um Andere zu kümmern; andererseits hat er auch noch nie die Gelegenheit dazu gehabt. „Keine Sache, das kriegen wir schon hin. Vielleicht nicht sofort, aber sicher in den nächsten Tagen." Mit einem Mal merkt er, dass er hungrig ist. Kein Wunder, er hat heute Morgen zuletzt etwas gegessen. „Ihr habt doch sicher Hunger. Lass uns mal in der Küche nachsehen, ob es etwas zu essen gibt. Ich werde sonst losfahren und etwas besorgen."

In der Küche gibt es einen Kühlschrank, der sogar in Betrieb ist. Außer einer angebrochenen Margarine und einem verschimmelten Käse ist er leer.

29

Charly zuckt mit den Schultern. „Ich denke, ich werde einkaufen. Du könntest inzwischen nachsehen, ob du etwas findest, worauf ich schlafen könnte."

Julia nickt. Sie geht mit Angelina in die Küche und deckt den Tisch.

Charly geht zu seinem Pick-up. Mit dem auffälligen Fahrzeug will er nach Möglichkeit nicht fahren. Er geht in den Schuppen zu seinem Wohnwagen und entnimmt seinem Versteck ein paar Geldscheine. Es sind noch etwa 80.000 Euro, das sollte so lange reichen, bis er eine geeignete Tätigkeit gefunden hat. Er könnte wieder als Kraftfahrzeugmechaniker arbeiten, das einzige Problem ist die Registrierung. Er möchte sich vorerst nicht zu erkennen geben, er hat Sorge, dass er auch hier gefunden werden könnte. Er ist sich sicher, dass nach ihm gefahndet wird –nicht nur von der Polizei.

Er nimmt sein E-Bike von der Ladefläche und radelt damit in Richtung Alt-Hemmoor. An der B73 findet er einen Supermarkt. Er kauft ein paar Fertiggerichte, Kartoffeln, Nudeln und Gemüse – Rosenkohl, Bohnen in der Dose, sowie Brot und Kaffee. Dazu noch Aufstrich, wie Marmelade und Honig, Käse und Wurst. Er hat Mühe, alles in seiner Packtasche unterzubringen, er kann sie nicht verschließen. Für die Zukunft muss er sich etwas anderes einfallen lassen, vielleicht sollte er sich einen kleinen Anhänger für sein Fahrrad zulegen.

Als er zu ihrer Behausung zurückkommt, ist die Freude groß. Julia hat drei Teller mit Messer und Gabel aufgedeckt. Charly breitet seinen Einkauf aus.

Julia hat sich ihr Gesicht gewaschen, jetzt sieht sie richtig gut aus. Dunkelblaue Augen strahlen ihn an.

„Verdammt, Julchen. Du bist richtig hübsch, die Männer werden sich nach dir umdrehen."

„Das ist ja gerade mein Problem, ich soll ihnen doch aus dem Weg gehen."

„Vorerst genügt es, dass du es weißt. So lange du ihnen nicht hinterherläufst, bin ich zufrieden."

Er schneidet das Brot, Julia streicht für ihre Schwester ein Brot mit Honig, er selbst bedient sich an dem Käse und der Wurst. „Wir müssen einen Plan machen, was wir alles noch brauchen. Hast du noch irgendwelche Wünsche? Seifenartikel, Kosmetika? Wir brauchen bestimmt noch Putzmittel und so ein Zeug. Hast du eine Waschmaschine gefunden?"

„Ja, sogar mit Waschpulver!"

„Na super! Überhaupt Klamotten, ihr habt doch beide nichts dabei, oder?"

„Für Angelina habe ich ein paar Sachen zusammengepackt, als ich sie abgeholt habe, aber ich selbst ..."

„Da bin ich besser dran, meine Sachen sind alle im Wohnwagen, ist wirklich praktisch, so ein Ding. Wir besorgen dir Klamotten, das ist keine Sache."

Er blickt die kleine Schönheit an. „Was du brauchst, ist ein Fahrrad. Du kannst nicht zu Fuß überall hin, dafür sind wir hier zu abgelegen."

„Was machen wir mit Angelina?"

„Vielleicht ein Kindersitz, wir müssen uns beraten lassen."

Charly stellt fest, dass es ihm gefällt, solche Pläne zu schmieden. Das gibt ihm das Gefühl, ein ganz normaler Mensch zu sein und gebraucht zu werden. Auf jeden Fall ist es besser, als irgendwelche Leute zusammenzuschlagen oder zu quälen, damit sie sich fügen.

31

„Ich habe im Schuppen eine Matratze entdeckt, die musst du tragen, mir ist sie zu schwer", unterbricht Julchen seine Gedankengänge. „Angelina ist müde, ich werde sie zu Bett bringen."

Im Wohnzimmer ist sogar ein Fernseher, erste Versuche zeigen, dass er funktioniert. Er scheint mit einer Antenne zu arbeiten, die wohl auf dem Dach installiert ist.

Angelina – das Engelchen – schläft, er sitzt mit Julia auf der Couch und sieht fern. Die Matratze aus dem Schuppen liegt in dem Vorratsraum und ist mit einem Bettlaken aus dem Wäscheschrank bezogen.

„Wie gefällt es dir jetzt?", fragt er das Julchen.

Sie sitzt neben ihm und lehnt sich entspannt zurück. „Sehr gut. Ich glaube, ich könnte mich an diesen Lebensstil gewöhnen. So leben also normale Leute."

„Sag ich doch. Wir werden es uns hier schön machen."

„Was ist denn mit deiner Bekannten? Die kommt doch irgendwann zurück? Woher kennst du sie?"

„Sie ist eine Freundin von der Reeperbahn. Am Spielbudenplatz betreibt sie einen Würstchengrill. Ich habe ihr mal geholfen, als sie in Schwierigkeiten war, seitdem habe ich etwas gut bei ihr."

Aber irgendwann wird sie kommen, denkt er. Wenn nicht sie, dann jemand anderes. Irgendjemand muss schließlich den Strom und das Wasser bezahlen, das scheint im Moment noch zu funktionieren. „Bis das soweit ist, werden wir etwas anderes gefunden haben, wir müssen die Augen offenhalten."

Der Spielfilm ist vorbei, sie sind beide müde. „Lass uns schlafen gehen", schlägt Charly vor.

„Ja, gute Idee." Julia lehnt sich mit ihrem zierlichen Körper an ihn. Sie flüstert, er kann sie kaum verstehen. „Du warst heute so gut zu mir. Kann ich mich revanchieren? Ich könnte dich ein bisschen verwöhnen, ich bin gar nicht schlecht darin."

Charly zuckt zusammen und versteift sich. Er räuspert sich. „Nein, nein, das ist nicht nötig. Ich hab' das gerne getan." Das stimmt tatsächlich, keiner ist darüber mehr überrascht, als er selbst. Julias Angebot kommt ihm fast wie Inzest vor. In den wenigen Stunden, die er sie kennt, kommt sie ihm eher wie eine Schwester vor, die er nie hatte, als eine Bettgenossin. „Nein, nein", stottert er. „Vielen Dank, das ist nicht nötig."

Aufklärung eines Massakers

Die Sekretärin, die am Morgen die Kanzlei vom Steuerberater Erjon Marku öffnet, steht da, wie vom Donner gerührt. Für einen kurzen Moment glaubt sie an eine Halluzination. Hätte sie doch besser gestern nicht mehr den Horrorschocker im Fernseher angesehen. Ihr Mann ist ein Fan solcher Filme, sie stöbert dann nebenher in ihrem Handy. Nun scheint ihr die Phantasie einen schrecklichen Streich zu spielen. Es dauert viele Sekunden, bis ihr Verstand wieder funktioniert. Mit zitternden Fingern sucht sie in der Handtasche nach ihrem Handy und ruft die Polizei.

Sie setzt sich auf den Hocker in der Kaffeeküche und trinkt ein Glas Wasser; das soll gut für den Kreislauf sein, wenn man einen Schock hat; das hat sie erst letzte Woche beim Friseur in einer Zeitschrift gelesen.

Nach etwa fünf Minuten fährt draußen ein Wagen vor, dann betreten zwei uniformierte Polizisten das Haus. Die Sekretärin Heidelinde Becker erhebt sich langsam und geht ihnen entgegen.

„Sie haben also die Toten gefunden?", fragt der erste der beiden. „Mein Gott, sie sind ja kalkweiß im Gesicht. Setzen sie sich lieber wieder hin, wir werden die Leichen auch ohne Sie finden."

Suchen ist ohnehin nicht nötig. Jeder Raum erzählt in grellen Farben, dass hier Schreckliches passiert ist. Für einen Moment stehen sie wie erstarrt, dann greift einer zu seinem Funkgerät und ruft die Zentrale an. „Schicken Sie umgehend die Kriminalpolizei zur Elbchaussee 196, Spurensicherung, Rettungswagen, Pathologe, das ganz große Besteck. Hier gibt es mehrere Tote, vier oder fünf an der Zahl. Sie liegen so durcheinander, dass man sie kaum zählen kann."

„Wir gehen besser auf die Straße, hier zertrampeln wir am Ende noch irgendwelche Spuren. Kommen Sie besser auch mit, wenn erst die Kollegen von der Kripo hier sind, wird man sie ohnehin nach draußen schicken!", ruft einer der Polizisten der Sekretärin zu.

Mit einem Notizblock kommt er auf die nicht mehr ganz junge Frau zu. „Bis die Kollegen aus Alsterdorf hier sind, kann es noch eine Weile dauern. Ich schlage vor, dass ich Sie befrage, Sie können dann nach Hause gehen."

„Das ist nett. Ich fühle mich so fertig, ich kann bestimmt nicht mehr lange durchhalten."

„Das ist nur zu verständlich, soll ich einen Rettungswagen rufen?"

„Nein, ich rufe gleich meinen Mann an, der wird mich abholen. Selbst fahren sollte ich besser nicht."

„Wir nehmen nur schnell die Personalien auf und Sie beschreiben in groben Zügen, was sich hier abgespielt hat. Geben Sie mir zuerst Namen und Adresse, damit wir Sie später wiederfinden können." Er nimmt seinen Stift und beginnt zu schreiben. „Ist Ihnen etwas aufgefallen? Vielleicht gestern, denn so lange liegen die Toten wohl schon da."

„Nein, tut mir leid. Ich hatte gestern einen Tag Urlaub."

„Glück für Sie, sonst hätten wir Sie vielleicht auch vom Boden kratzen müssen."

Sie sieht den Polizisten erschrocken an.

„Oh, entschuldigen Sie bitte meine Ausdrucksweise, in dem Job lässt man oft ein gewisses Feingefühl vermissen."

„Daran sollten Sie unbedingt arbeiten, um ihretwillen. Aber um auf Ihre Frage zu kommen. Mir ist aufgefallen, dass an der Straße ein roter Van parkt, den habe ich da noch nie gesehen."

Der Polizist dreht seinen Kopf. „Ja, jetzt sehe ich ihn auch. Das ist ja interessant. Vielleicht sind unsere toten Gäste damit gekommen – ich meine, als sie noch lebten." Wieder schreibt er in sein kleines Büchlein.

Der erste, der eintrifft, ist der Pathologe.

„Gehen Sie schon mal hinein, Doktor, aber ziehen Sie die Überschuhe an. Der Rest der Truppe sollte auch gleich kommen."

Doktor Böck geht in das Haus und bleibt erstarrt stehen. Selbst er, mit seinen 25 Jahren Praxis, hat so etwas noch nicht gesehen. Er begnügt sich mit einem prüfenden Blick, dann zieht er sich zurück. Bei dem Chaos muss die Spurensicherung zuerst rein, sonst wird man unmöglich herausfinden, was dort abgelaufen ist.

Kriminalhauptkommissar Klaus Andresen und sein junger Mitarbeiter Kriminalkommissar Karsten Wilke treffen ein und begrüßen den Rechtsmediziner. „Hallo, Doktor, was ist los? Haben Sie nichts zu tun?", fragt ihn der in Ehren ergraute Kommissar.

„Im Gegenteil, ich werde es kaum alleine schaffen. Werfen Sie zuerst einen Blick hinein, vielleicht muss ich Sie wiederbeleben. Hee! Die Überschuhe nicht vergessen."

Sein junger Mitarbeiter ist dem Gespräch neugierig gefolgt. Insgeheim wünscht er sich so einen richtig dicken Fall, damit es viel zu tun gibt. Sollte das hier so etwas sein? Karsten Wilke ist groß, schlank und ist wohl das, was man allgemein als attraktiv bezeichnen würde. Freunde meinten, er könne auch als männliches Model eine Stellung finden. So ein Quatsch! Er zieht es vor, bei der Kripo seine Kombinationsgabe und seinen Verstand anzustrengen.

Der alte Kommissar steht in der Tür zum Schlafzimmer und blickt prüfend in die Runde. Verdammt, so einen Haufen an Toten hat er noch nicht gesehen, nicht in seinen über 30 Dienstjahren.

Sein junger Kollege steht jetzt hinter ihm. „Du meine Güte, Chef, hier hat es aber ordentlich gekracht. Wo fangen wir an?"

„Ich fürchte, die Spurensicherung muss erst durch sein. Wir müssen den Tatort mit einer 3D-Fotografie festhalten, sonst ist die Rekonstruktion im Nachhinein kaum noch möglich. Machen Sie doch schon mal ein paar Fotografien mit dem Handy, wir müssen die Kriminaltechnik abwarten, bevor wir sinnvoll arbeiten können."

Der Wagen der Spurensicherung fährt vor. Es ist ein dunkelblauer Van, dessen Inneres bis unter das Dach mit den vielfältigsten Geräten beladen ist. Der Fahrer steigt aus, Klaus

Andresen kennt ihn, es ist Wolfgang Heidenreich. Er schätzt ihn wegen seiner Genauigkeit, so jemanden werden sie in diesem Fall benötigen.

„Hallo, Klaus! Wenn man so einen alten Hasen wie dich hierher zitiert, wird sich das für mich lohnen, oder?", begrüßt ihn der Techniker.

„Tag, Wolfgang! Ja, es ist dieses Mal schlimm, hast du schon einen Blick riskiert? So etwas habe ich in meiner Laufbahn noch nicht erlebt."

„Oha, wenn du so einen Spruch bringst, ist da drinnen kein Stein mehr auf dem anderen, was?"

„Allerdings. Könnt ihr eine 3D-Aufnahme vom Tatort machen? Ich habe mal gehört, dass ihr so etwas seit Kurzem draufhabt."

„Wenn man dir zuhört, wird einem Angst und bange. Was zum Teufel ist denn da drinnen los?"

Andresen schüttelt mit dem Kopf und winkt ab.

„Einen Moment, ich stelle dir meinen jungen Kollegen vor, der hat eine Weiterbildung über den Gebrauch der 3D Fotografie in der Kriminalistik über sich ergehen lassen."

In diesem Moment steigt ein junger Mann auf der Beifahrerseite aus. Er wirkt etwas linkisch, trägt seine blonden Haare kurz und hat aufmerksame, blaue Augen, die jetzt den ihm unbekannten Hauptkommissar ins Visier nehmen.

„Timo, das ist Kriminalhauptkommissar Klaus Andresen, ein sehr geschätzter Kollege von uns. Klaus – darf ich dir meinen neuen Mitarbeiter vorstellen? Er heißt Timo Fuchs und ist ein As in allen technischen Dingen unseres Berufes. Er kann auch mit dem 3D-Gerät sensationell gut umgehen."

„Sie können die Schule noch nicht lange hinter sich haben, oder?" Der Hauptkommissar lächelt den jungen Mann verschmitzt an.

„Äh, ich bin 26 Jahre alt. Ich bin seit zwei Jahren als Kriminaltechniker tätig. Ich habe meinen Job in Wiesbaden beim BKA begonnen."

„Ich wollte Sie nur auf den Arm nehmen. Ich freue mich, Sie kennenzulernen. Tüchtige Mitarbeiter können wir immer gebrauchen."

Die Spurensucher werden noch eine Weile beschäftigt sein. Nach dem ersten Schreck über das Fiasko, das ihn im Inneren erwartet, stellt Timo Fuchs die Kamera auf, programmiert deren Aufgabe und startet das System. Es wird eine Weile dauern, jeder Millimeter des Raumes wird automatisch vermessen und fotografiert. So kann man sich später in einem virtuellen Raum bewegen, als wäre man wieder am Tatort.

Klaus Andresen wendet sich an seinen Kollegen. „Wir können vorerst nicht viel Gescheites anfangen. Lass uns erst mal feststellen, was die Kollegen von der Schutzpolizei haben, dann könnten wir die Anwohner befragen. Hier sind viele Personen aus und ein gegangen, das kann nicht unbemerkt geblieben sein."

Vom Polizisten Beckmann erhalten sie die Auskünfte, die er von der Sekretärin erhalten hat.

„Sieh' mal an, der rote Van. Sehr gut, der könnte das Fahrzeug der Toten gewesen sein. Das wird helfen, sie zu identifizieren."

Die Befragung der Nachbarn fördert enttäuschend wenig Neues hervor. Man hat Schüsse gehört, auch einen Schrei, das war alles. Aber Beobachtungen? Personen, die sich auffällig benommen haben? Fehlanzeige.

***

Zwei Tage später findet eine große Besprechung statt. Zusätzlich geladen ist Dirk Fedder, ein intimer Kenner der Reeperbahn und seiner Bewohner.

„Guten Morgen, meine Herren. Ich freue mich, dass Sie alle meiner Einladung folgen konnten. Ganz besonders begrüßen möchte ich unseren Kollegen Dirk Fedder von der Davidwache. Ich hoffe, dass er uns mit seinen Kenntnissen der Szene wertvolle Hinweise geben kann", beginnt Andresen die Besprechung.

„Moin." Fedder hebt die Hand und grüßt lässig in die Runde.

Weitere Mitglieder sind die beiden Mitarbeiter der Kriminaltechnik sowie der junge Kollege Karsten Wilke.

Der Pathologe beginnt, wie so oft. Er muss sich mit den Details der Spurensicherung und des Ablaufes der Morde nicht beschäftigen.

„Meine Herren, es war viel für mich zu tun, zu viel. Ich musste einen Kollegen der Rechtsmedizin um Hilfe bitten. Es gab drei Tote durch Schussverletzungen, einer starb an einem Messerstich in den Hals, es wurde zusätzlich auf ihn geschossen, zu dem Zeitpunkt war er jedoch bereits an dem Messerstich gestorben. Die Frau wurde erdrosselt. Ob ihr Tod absichtlich herbeigeführt wurde oder ob die Drosselung Teil des Sexualaktes war, kann ich Ihnen nicht sagen, die Beurteilung überlasse ich gerne den geschätzten Kollegen der Mordkommission. Die Geschosse konnten fast alle den gefundenen Waffen zugeordnet werden, zwei –im Kaliber .38 – sind von einer Waffe abgefeuert worden, die sich nicht mehr am Tatort befand. Ich wünsche Ihnen allen erdenklichen Erfolg. Wenn Sie mich noch brauchen – ich bin an meinem Lieblingsort im Leichenkeller zu erreichen."

„Danke, Doktor."

Hauptkommissar Andresen gibt nach dem Bericht des Pathologen an die Kollegen der Spurensicherung weiter. „Wolfgang – ihr habt eine Menge in sehr kurzer Zeit ermittelt. Was habt ihr herausgefunden?"

„Ich habe gedacht, wir zeigen kurz zur Darstellung des Tatortes ein Video. Mein Kollege hat die Aufnahmen so aufbereitet, dass sie einen Film von etwa drei Minuten ergeben."

Timo Fuchs startet den Beamer. Das Video zeigt den Tatort aus allen denkbaren Perspektiven. Atemlos verfolgen die Zuschauer die erschreckenden Bilder, die Toten liegen zum Teil übereinander.

„Vielen Dank, Timo. Ich denke, dass die besondere Schwere dieses Falles damit eindrucksvoll dargestellt worden ist. Zuerst zu den Identitäten. Einer der vier toten Männer ist der Eigentümer des Hauses, der Steuerberater Erjon Marku. Er wurde mit einer der Pistolen erschossen, die wir am Tatort gefunden haben. Die drei Männer in der schwarzen Verkleidung sind Russen aus dem Milieu an der Reeperbahn. Dazu kann unser Kollege von der Davidwache sicher noch etwas beitragen. Wir konnten über die Fingerabdrücke alle drei zuordnen, sie heißen Valentin Sokolow, Andrej Lebedew und Juri Kusnezow. Der rote Chrysler Voyager der unweit des Hauses geparkt ist, ist auf Valentin Sokolow zugelassen. Die tote Frau auf dem Bett ist uns unbekannt, wir hoffen auch hier auf Hinweise des Kollegen von der Reeperbahn. Wir haben im Übrigen von allen vier Toten Sperma in ihr gefunden.

Des Weiteren haben wir noch Fingerabdrücke einer Person gefunden, die wir nicht am Tatort aufgefunden haben. Es handelt sich um einen Karl Kaufmann, ohne festen Wohnsitz. Als Letztes: Auf dem Stuhl im Schlafzimmer hat jemand gesessen. Aus dem Schweiß an der Rückenlehne konnten wir DNA-Spuren gewinnen. Die konnten wir nicht zuordnen, wir wissen nur, dass es sich um eine weibliche Person gehandelt haben muss."

„Mein lieber Klaus, vielen Dank für deine Ausführungen. Meine Hochachtung vor der Arbeit, die ihr in sehr kurzer Zeit geleistet habt." Er nimmt eine Fotografie, die die tote Frau zeigt und schiebt sie zu dem Mann von der Davidwache hinüber. „Kennen Sie diese Frau?"

Dirk Fedder sieht sich das Bild an. „Ich bin mir nicht ganz sicher. Ich glaube, sie ist eine Prostituierte vom Straßenstrich am Spielbudenplatz. Wenn ich richtig liege, ist ihr Name Jenny Alfeld."

„Das ist doch ein Fortschritt. Möchten Sie zu den toten Russen noch etwas ergänzen?"

„Allerdings, dazu gibt es tatsächlich etwas zu bemerken. Valentin Sokolow ist der Cousin des ungekrönten Königs von Sankt Pauli – Victor Gargarin. Ich könnte mir vorstellen, dass der seine Finger mit im Spiel hat. Die beiden anderen sind ebenfalls nicht unbekannt, es sind Freunde von Sokolow."

„Vielen Dank, Herr Fedder. Ich möchte nun die Theorie vorstellen, die ich mit meinem jungen Kollegen Karsten Wilke ausgearbeitet habe. Es ist nur eine Arbeitshypothese, die uns bei der Ermittlung der Motive und des Ablaufes helfen soll." Er blickt auf seine Notizen vor sich, die er in althergebrachter Weise auf einige Blatt Papier mit einem Bleistift geschrieben hat.

„Warum der Steuerberater getötet worden ist, ist bisher unklar. Er hat neben anderen für Victor Gargarin gearbeitet. Der scheint eine Schlüsselfunktion in diesem Fall zu haben, deshalb werden wir ihn nachher noch aufsuchen. Es scheint so zu sein, als wenn die drei Russen beauftragt worden waren, sowohl den albanischen Steuerberater, als auch diesen Karl Kaufmann zu töten. Vielleicht sollte auch nur der Steuerberater getötet werden und Karl Kaufmann war lediglich zufällig anwesend und ist als mutmaßlicher Zeuge erschossen worden – oder umgekehrt. Die Prostituierte Alfeld scheint sozusagen ein Kollateralschaden zu sein. Entweder musste sie dran glauben, weil sie eine unbequeme Zeugin hätte werden können oder sie ist ausufernden sexuellen Spielen zum Opfer gefallen. Karl Kaufmann hat sich offenbar wehren können und hat seine Angreifer erschossen, beziehungsweise erstochen. Ob es sich um Mord oder um Notwehr gehandelt hat, kann beim momentanen Stand der Ermittlungen nicht beurteilt werden. Unser Hauptaugenmerk liegt bisher in der Ergreifung des flüchtigen Karl Kaufmann, wir werden ihn zur Fahndung ausschreiben. Eine erste Befragung Victor Gargarins wird noch heute erfolgen, ich befürchte allerdings, dass es so ausgehen wird, wie viele andere Befragungen davor – ohne Ergebnis. Wenn einer von Ihnen eine Idee für einen weiteren Ermittlungsansatz hat – lassen Sie es uns bitte wissen."

„Ich danke Ihnen für Ihr Erscheinen. Sobald wir weitere Hinweise erhalten, werden wir Sie in Kenntnis setzen." Hauptkommissar Andresen hat sein Programm erledigt.

Victor Gargarin telefoniert. „Sag mal Sascha, hast du was von Charly gehört? Ich versuche seit Tagen, ihn zu erreichen."

„Nein, hab' nichts gehört. Soll ich ihm etwas ausrichten, falls ich ihn sehe?"

„Nein, nein, ich habe nur eine belanglose Frage an ihn, es ist nicht so wichtig. Wundert mich nur, dass sein Wohnwagen nicht an seinem Platz steht."

„Sorry, Vic. Da kann ich dir auch nicht weiterhelfen. Aber wenn du andere Hilfe brauchen könntest…?"

„Im Moment nicht, ich melde mich."

Victor Gargarin ist nervös. Ist sein Plan etwa daneben gegangen? Falls ja, könnte das eine Menge Ärger für ihn bedeuten, sehr viel Ärger …

Es klopft, ohne eine Antwort abzuwarten, betreten drei Männer Gargarins Büro. Einen kennt er, es ist Dirk Fedder, der Kriminalhauptkommissar von der Davidwache. Die beiden anderen – ein ergrauter Herr und ein junger, gut aussehender Begleiter – hat er noch nie gesehen. Seiner Einschätzung nach sind es ebenfalls Polizisten.

„Hallo, Victor!", grüßt Dirk Fedder aufgeräumt. „Lauf nicht weg, wir haben ein paar Fragen an dich."

Scheiße, er hat ja gewusst, dass es Ärger gibt! Victor gibt den gut gelaunten Gastgeber. „Ah, die Herren von der Polizei. Nehmen Sie doch Platz. Was kann ich für Sie tun? Ein Bier, oder einen Schnaps?"

Fedder winkt ab. „Danke, nein, wir sind dienstlich hier. Setzen wir uns doch alle zusammen, wir haben einige Fragen, die wir Ihnen stellen wollen."

Die beiden fremden Polizisten stellen sich vor, es sind Mitglieder der Mordkommission des Polizeipräsidiums in Alsterdorf.

Victor Gargarin sieht Schwierigkeiten auf sich zu kommen. Das hängt totsicher damit zusammen, dass er weder Valentin noch Charly erreichen kann.

„Herr Gargarin. Wir sind hier, weil es an der Elbchaussee einen grauenvollen Massenmord gegeben hat, und da sind Sie unserem Kollegen von der Davidwache sofort eingefallen. Sie wissen sicher, dass er ein alter Hase ist. Wir hoffen stark, dass Sie uns ein paar Hinweise geben können", beginnt der Kriminalhauptkommissar die Befragung.

Victor ist für einen Moment geschockt - was normalerweise nicht leicht passiert. Sein Plan ist schiefgelaufen, hundertpro! Verdammt! Er ringt sich ein Lächeln ab. „Tut mir leid, ich höre jetzt zum ersten Mal davon."

Klaus Andresen versucht es mit einer Finte. „Wir haben ganz andere Informationen. Wissen Sie, Karl Kaufmann hat sich bei uns gemeldet. Er wollte sicherstellen, dass die Polizei keine falschen Schlüsse zieht und erklärte, dass die Männer von ihm in Notwehr erschossen worden sind und nicht in mörderischer Absicht." Das war ein Schuss ins Blaue, Andresen glaubt, dass es sich so abgespielt haben könnte.

Victor hat Mühe, Haltung zu bewahren. Wenn Charly auspacken würde, ginge sein ganzes schönes Imperium den Bach runter, weil er mit Sicherheit in den Knast kommen würde. Er darf gar nicht daran denken. Am besten ist es erst einmal, alles abzustreiten. Ein Zusammenhang zu ihm muss erst hergestellt werden, da kann auch Charly nur spekulieren. „Tut mir leid, meine Herren. Ich bin unschuldig wie frisch gefallener Schnee."

„Wir sind untröstlich, dass uns so etwas in den Sinn gekommen ist", antwortet Dirk Fedder mit einer gehörigen Portion Sarkasmus. „Erjon Marku war doch ihr Steuerberater, nicht? Warum haben sie den denn auch umbringen lassen?"

„Herr Kommissar, was denken Sie von mir? Erjon war nicht nur mein Steuerberater, er war auch mein Freund."

„Herr Gargarin - uns wird gleich schlecht", kommentiert Kriminalhauptkommissar Andresen die Antwort des Königs vom Kiez. Er hat gehofft, dass er ihn ins Wanken bringen würde, aber dieser Kerl ist abgebrüht, da gehen so simple Versuche ins Leere.

„Sagen Sie das nächste Mal Bescheid, wenn Sie kommen wollen, dann werde ich meinen Anwalt ebenfalls dazu bitten. Im Moment glaube ich, dass Sie mir nichts Neues mehr zu sagen haben." Gargarin steht auf, um zu demonstrieren, dass für ihn das Gespräch beendet ist.

Zähneknirschend verlassen die Kriminalbeamten das Paradies. Sie sind stinksauer, dass sie wieder so vorgeführt wurden. Inzwischen ist Karl Kaufmann zur Fahndung ausgeschrieben. Wenn sie ihn erst haben, könnten sie diesen Kerl vielleicht doch noch zu fassen kriegen.

***

Victor Gargarin ist entsetzt. Sein Steuerberater ist tot, okay, aber das war so vorgesehen. Erjon Marku wusste zu viel und hat bereits angedeutet, dass sein Honorar deutlich würde ansteigen müssen, wenn er seine Kenntnisse über Gargarins Geschäfte bei sich behalten sollte. Wo steckt nur Charly? Die Polizei hat nur auf den Busch geklopft, das ist ihm klar. Charly ist schlau, er hat ihn wieder mal unterschätzt. Und nun hat er sich verdrückt, Scheiße! Er muss ihn finden. Victor braucht jemanden, der Charly sucht und findet. Daran hängt alles. Er grübelt, ergreift sein Handy und sieht die Adressliste durch.

Da – da ist jemand. Dimitri Petrow, ein guter Mann. Er startet den Anruf. „Dimitri, hier spricht Victor. Kannst du so bald wie möglich zu mir kommen?"

„Was gibt es, alter Haudegen, was dich so stört?", die tiefe Stimme des Russen dringt durch die Leitung.

„Nicht am Telefon. Du erfährst alles, wenn du hier bist."

„Gut, bis nachher."

***

Dimitri Petrow fährt mit seinem roten Ford Mustang vor und parkt auf dem breiten Bürgersteig vor dem Paradies. Er ist ein unscheinbarer, mittelgroßer, hagerer Mann mit kantigem Gesicht, erste graue Strähnen ziehen sich durch sein dichtes, braunes Haar.

„Tag, Victor, altes Haus! Was hast du denn für mich, das so unaufschiebbar ist?"

Victor mustert kritisch seinen Gast. Was kann er ihm erzählen, ohne zu viel preiszugeben? Dimitri ist auf jeden Fall der Beste für diesen Auftrag – und der Einzige. Victor fällt niemand ein, dem er im Moment vertrauen würde, außer Dimitri. Der war mal vor Jahren Kriminalbeamter bei der Polizei in Lübeck. Eines Tages ist man dahintergekommen, dass er sich hat schmieren lassen. Das war ein sehr schnelles Ende einer eigentlich erfolgreichen Kriminalisten-Laufbahn. Jetzt ist er der Mann für die komplizierten Fälle, nur eben nicht mehr für die Polizei.

„Setz dich doch. Was darf ich dir anbieten?", beginnt Victor das Gespräch.

„Hast du ein Bier? Alkoholfrei?" Dimitri ist leger gekleidet, er trägt einen schwarzen Sakko über einem weißen Hemd zu einer dunkelblauen Jeans. Er steckt sich eine Zigarette an, sieht dem kräuselnden Rauch hinterher und mustert Victor aufmerksam, mit einem Lächeln um die Mundwinkel.

„Du kennst doch Charly?", fragt ihn Victor.

„Klar, wer kennt Charly nicht. Was ist mit ihm? Gehorcht dir dein Kettenhund nicht mehr?"

„Nein. Wenn es nur das wäre – er ist verschwunden, ohne eine Spur zu hinterlassen. Charly weiß zu viel von dem, was ich so treibe. Falls er auspacken sollte, würde es schlecht für mich aussehen."

„Meinst du, er würde das tun? Ich dachte, ihr seid so was wie – na ja – Freunde?"

„Weiß man 's? Ich muss auf jeden Fall mit ihm sprechen. Wenn er das ablehnt, weiß ich, wo er steht."

Er blickt Dimitri an, der gerade ein Schluck von seinem Bier genommen hat und nun das Glas auf den Tisch stellt. „Ich möchte, dass du ihn für mich ausfindig machst."

„Gut, ich werde es versuchen. Was ist für mich drin?"

„Du denkst auch nur an die Kohle."

„Natürlich, ich habe meine Pensionsberechtigung verloren, wenn du dich erinnerst. Von irgendwas muss ich ja leben. Nun sag schon, was ist dir Charlys Aufenthaltsort wert?"

„Ich dachte an 50.000 Euro."

„Oha, du steigst ja hoch ein. Dieser Charly muss eine Menge schlimme Dinge von dir wissen, dass du bereit bist, so viel auszuspucken." Er grinst Victor frech an.

„Nun laber' nicht rum. Nimmst du den Auftrag an, oder nicht?"

Dimitri streckt ihm seine knochige Hand hin. „Abgemacht. Ich bin dein Mann."

„Wie willst du es machen?", Victor zeigt sich interessiert.

„Mal sehen. Hat er irgendwelche Freunde, eine Freundin? Ich muss mich mal umhören. Ich habe noch gute Kontakte zur Polizei."

„Was du nicht sagst."

„Vielleicht können die mir weiterhelfen."

„Quatsch bei deinen alten Kumpels von der Polizei bloß nicht rum!", meint Victor gereizt, „hey Kollegen, wisst ihr zufällig, wo dieser Charly sich rumtreibt? Victor Gargarin will den sehen, wegen seiner kriminellen Geschäfte!'"

„Sehr witzig, wirklich. Hältst du mich für dämlich? Ach ja – hast du seine Handy-Nummer? Ich könnte eventuell eine Ortung veranlassen."

„Ja, ich habe eine. Da geht aber seit Tagen keiner ran."

„Macht nichts, zum Orten reicht es."

***

Zuerst sucht Dimitri den Stellplatz auf dem Heiligengeistfeld auf. Doch dort weiß man gar nichts über ein mögliches Ziel von Charly.

„Der ist am 28. Juni blitzartig verschwunden, jetzt steht er für eine Woche Stellplatzgebühren bei mir in der Kreide."

Dimitri begleicht den geringen Betrag, aber davon wird der Platzwart auch nicht gesprächig. Er weiß offenbar tatsächlich nicht, wohin der Kunde gefahren ist.

Die Nachfrage bei seinem Bekannten bei der Polizei geht ebenfalls ins Leere. Dort bekommt er nur zu hören, dass Karl Kaufmann zur Fahndung ausgeschrieben ist. Dieser Fall entpuppt sich als nicht so einfach, wie er gehofft hat.

Dimitri hat eine Freundin auf dem Kiez, sie ist eine der über 1000 Sexarbeiterinnen. Sie ist mehr ein Verhältnis und heißt Vanessa Obermann, ist etwa 25 Jahre alt, schlank und zierlich. Immer, wenn ihr Zuhälter besoffen ist, sucht Dimitri sie auf, um seinen Testosteron-Spiegel zu normalisieren.

So auch dieses Mal. Sie liegt noch auf dem Bett, er hat sich bereits angezogen und steckt ihr jetzt den vereinbarten Schein für ihre Liebesdienste zu. Sein Blick fällt auf den Nachttisch, dort steht offenbar ein neues Bild in einem glänzenden Rahmen. „Wer ist das denn? Hast du neben mir noch andere Freunde?"

„Na, du bist gut. Ich bediene dutzendweise Männer jeden Tag, und du machst dir Gedanken um einen weiteren. Nein, das ist mein Bruder Marcel – wenn es dich beruhigt."

Dimitri nimmt es gelassen, ihm ist es egal, wer gerade bei ihr ist, wenn sie nur ab und zu Zeit für ihn hat. Vanessa hat wahrscheinlich recht, der Mann auf dem Foto sieht ihr bei genauer Betrachtung ähnlich.

„Du kannst meinen Bruder ja mal besuchen. Wenn er sich nicht gerade in Hamburg aufhält, wohnt er in Drochtersen."
„Drochtersen? Dieses Kaff in der Nähe der Elbe? Was soll ich denn da?"
„Mein Bruder wohnt da. Von Drochtersen ist es nicht mehr weit nach Krautsand an der Elbe. Dort ist ein schöner Strand, fast wie in Spanien. Mein Bruder ist oft da, das könnte dir auch gefallen, denke ich."
„Soll ich deinem Bruder was ausrichten, wenn ich ihn sehe?", fragt Dimitri mehr im Spaß. Er wird den fremden Kerl bestimmt nicht besuchen.
„Das wäre toll!" Vanessa kichert. „Ihr seid aus demselben Holz geschnitzt, vielleicht freundet ihr euch an. Außerdem fährt mein Bruder Motorrad, er hat eine Harley Davidson. Dafür interessierst du dich doch auch, oder?"

„Ja, das stimmt allerdings."
„Siehst du."

49

Dimitri kraust seine Stirn. Das klingt nicht schlecht, vielleicht wird er eines Tages diesen Typen beehren. Falls er mal wieder in der Nähe von Drochtersen sein sollte ...

Das Fahrradgeschäft

Charly sitzt mit Julchen und Angelina beim Frühstück. Für sie beide gab es Brötchen, die er vom Bäcker an der B73 geholt hat, die Kleine hat einen Teller Cornflakes mit Milch gelöffelt.

„Wir haben ja schon davon gesprochen, dass du vielleicht ein Fahrrad haben solltest, damit du von A nach B kommst. Wenn wir daran einen Kindersitz anbringen lassen, könntest du Angelina mitnehmen."

Julchen sieht ihn mit großen Augen an. „Das wär' was. Hast du denn genügend Geld?"

„Zerbrich dir über meine Finanzen nicht deinen hübschen Kopf. Ich habe beim Bäcker gehört, dass hier in der Nähe ein neues Fahrradgeschäft eröffnet hat. Lass uns dort hingehen und sehen, was es für Möglichkeiten gibt."

„Was machen wir mit Angelina?"

„Das ist nicht weit, wir nehmen sie einfach mit. Wenn sie nicht mehr laufen kann, trage ich sie."

„Du bist ein Schatz!" Mit einem lauten, schmatzenden Geräusch schickt sie ihm ein Küsschen hinüber.

Diese einfache Geste geht Charly sehr nahe, näher als er erwartet hat. Das alles ist Neuland für ihn. Julchen und ihre kleine Schwester haben ihn bereits stärker beeinflusst, als er es je für möglich gehalten hat.

Sie gehen die Nordhoopstraße entlang in Richtung Dorfstraße. Es ist der 5. Juli, trotz der frühen Tageszeit brennt die

Sonne unbarmherzig vom Himmel. Der Bürgersteig ist so schmal, dass Charly hinter Julchen her gehen muss, die ihre Schwester an der Hand hält. Wiesen und Maisfelder säumen die Straße, nur gelegentlich wird die Landschaft von einem Haus unterbrochen. Als sie sich dem Zentrum des Ortes nähern, stehen die Häuser dichter beieinander.

„Wie lange müssen wir denn noch gehen?", quengelt die Kleine.

„Nur noch ein kurzes Stück. Wir wollen ein Fahrrad für Julchen kaufen. Du bekommst einen Kindersitz und kannst dann überall hin mitkommen."

„Wirklich?" Angelina strahlt über das Gesicht, ihre blauen Augen leuchten. Sie macht im Übermut einen Hüpfer, sodass ihre blonden Haare fliegen.

Sie erreichen das Geschäft. Es ist im Erdgeschoss des Hauses untergebracht, das sich gegenüber der ehemaligen Schinkenklause befindet. »Fahrradshop Heidmann« steht auf einem Schild, das über der Eingangstür angebracht ist. Im Geschäft ist es angenehm kühl.

Ein junger Mann, offenbar der Besitzer, kommt auf sie zu. „Was kann ich für Sie tun?"

Julia mustert ihn überrascht. Er sieht sehr attraktiv aus. Wenn er lächelt, hat er ein niedliches Grübchen in der Wange.

„Wir wollten uns nach einem Fahrrad für meine Cousine erkundigen", erklärt Charly.

Tobias Heidmann, so heißt der Inhaber, lächelt. So eine hübsche Kundin sieht er nicht oft. Hier sowieso nicht, sein Laden besteht erst seit drei Tagen. Davor hat er - die Ausbildung zum Fahrradmechaniker inklusive - in einem Fahrradgeschäft in Hamburg-Blankenese gearbeitet. Er wendet sich an den großen Kerl, der die Hübsche begleitet. „Soll es ein normales Fahrrad sein oder ein Pedelec?"

„Äh?" Charly sieht Julchen unschlüssig an, dann den netten Inhaber. „Ich weiß nicht. Zu was würden Sie uns denn raten?"

Tobias Heidmann mustert seine Kundin, sie hat sein Interesse geweckt. „So einer jungen Person würde ich eher zu einem normalen Fahrrad raten. Mit Motorunterstützung sind eher ältere Semester gut bedient."

Julchen zuckt mit den Schultern. „Ich verlasse mich ganz auf Ihren Rat", sie lächelt den Fahrradhändler an.

„Wenn Sie mir folgen möchten, ich kann Ihnen ein paar Modelle zeigen." Er führt sie in den hinteren Teil des Geschäftes. Es ist ein großer Raum, in dem über 100 Fahrräder stehen, dicht an dicht. „Es werden überwiegend Pedelecs verkauft, sodass diese Variante den größeren Teil ausmacht. Ich habe aber einige normale Fahrräder dabei, auch mit tiefem Durchstieg, falls Sie mal einen Rock tragen sollten."

Er schiebt ein paar Räder beiseite und zieht ein Rad heraus, es ist in hellrot-Metallic lackiert. „Hier bitte, dieses hat 26-Zoll Räder, es sollte Ihnen gut passen. Sie können gerne eine Probefahrt unternehmen."

Julia hält immer noch Angelina an der Hand, jetzt dirigiert sie die Kleine zu Charly. „Kannst du einen Augenblick auf sie aufpassen?"

„Äh, ja, natürlich." Er greift nach der Hand der Kleinen, die in seiner riesigen Pranke verschwindet. Er drückt nur ganz zart, so, als würde er einen Schmetterling in der Hand halten.

Angelina, das Engelchen, lächelt ihn mit ihren blauen Augen an. Einem Lächeln, das selbst einen Stein erweichen würde. Charly lächelt zurück, bisher unbenutzte Muskeln werden ganz ungewohnt gefordert.

„Kann man an dem Rad auch einen Kindersitz befestigen?",
fragt er den Verkäufer. Das zarte Wesen an seiner Hand hat
ihn daran erinnert, dass sie gerne mitfahren möchte.

„Ja, natürlich. Ich habe verschiedene Sitze vorrätig. Die
kann ich Ihnen gerne zeigen."

Julia steigt noch etwas ungeübt auf und fährt langsam die
Dorfstraße entlang. Sie verschwindet hinter einer leichten
Kurve. Das Fahrrad läuft leise und lässt sich leicht treten. Auf
dem Gelände einer Firma der Stader Saatzucht wendet sie und
fährt zurück. Am Lenker befindet sich offenbar eine Schaltung,
die muss sie sich von dem Verkäufer noch erklären lassen.

Jetzt nähert sie sich dem Fahrradgeschäft, sie kann Angelina
und Charly neben dem Verkäufer auf dem Bürgersteig stehen
sehen. Sie winken ihr zu. Sie würde gern zurückwinken,
möchte aber im Moment noch nicht die Hand vom Lenker
lösen.

„Na – wie hat es Ihnen gefallen?", fragt Tobias Heidmann.
„Ich kann noch kleinere Korrekturen vornehmen, wie Sattel-
und Lenkerhöhe. Auf den ersten Blick scheint es jedoch schon
gut zu passen."

„Es hat Spaß gemacht", erwidert Julchen, sie meint es ganz
im Ernst. Es kam ihr vor, als sei sie über die Straße geschwebt.

„Wie ist es denn mit einem Fahrradsitz?" Charly beschäftigt
diese Frage, er möchte, dass das Engelchen sicher untergebracht ist.

„Es gibt verschiedene Arten von Sitzen. Sie sind zur Befes-
tigung entweder am Steuerkopf, am Unterrohr oder auf dem
Gepäckträger geeignet. Ich empfehle ihnen die Variante, die
am Steuerkopf zum Fahrer hin befestigt wird, dann haben Sie
die Tochter immer gut im Blick." Er blickt seine beiden Kunden an, die ihn unschlüssig mustern. „Ich könnte ihnen zur

Probe einen Sitz montieren, den können Sie dann ausprobieren."

Charly starrt den Verkäufer einen Moment überrascht an. Aus Unkenntnis hat er offenbar das Engelchen als Julias Tochter angesehen, anstatt als die kleine Schwester. Er mustert beide nachdenklich. Sie sehen sich ähnlich, ob sie nun Schwestern sind oder Mutter und Tochter, das würde wohl keinen Unterschied machen. Trotzdem, ein Zweifel ist geweckt, er wird Julia zu Hause fragen, ob Angelina nicht vielleicht doch ihre Tochter ist.

Gesagt – getan, Minuten später ist der Sitz montiert. Er ist mit Fußstützen ausgestattet, so werden Angelinas Beine und Füße vor dem Vorderrad geschützt.

Plötzlich fällt Charly etwas ein „Haben Sie auch Hänger, die man mit dem Fahrrad ziehen kann?" Er denkt daran, sein E-Bike zum Einkaufen mit so einem Anhängsel auszustatten.

„Ja, ich habe ein paar Varianten zur Verfügung. Wenn Sie bitte mitkommen möchten?"

***

Klaus Rieper, seine Frau Eva, Bernd Apel und Horst Küster, sowie Doris Heidenreich und Rita Kösel sitzen bei einem Bäcker an der Bahnhofstraße auf der Terrasse. Kaffee und Kuchen waren wie immer erstklassig. Nun genießen sie das schöne Wetter und diskutieren mögliche Radtouren.

„Habt ihr gesehen, es gibt einen neuen Fahrradladen an der Dorfstraße in Alt-Hemmoor", weiß Eva Rieper zu berichten. „Er befindet sich gegenüber der früheren Schinkenklause." Sie lehnt sich zurück und freut sich, dass ihre Kollegen von dem neuen Geschäft offenbar nichts wussten.

Bernd Apel holt aus der Packtasche seines Fahrrades einen etwa DIN A5 großen Zettel. Es ist ein Flyer. Mit einem Lächeln legt er ihn auf den Tisch.

„Was hast du denn da?", fragt Klaus und zieht den Zettel zu sich heran. »Fahrradgeschäft in Alt-Hemmoor« steht dort, Eröffnung am 2. Juli dieses Jahres. Ganz so ahnungslos sind die Kollegen dann wohl doch nicht.

„Mist, das haben wir verpasst", beklagt sich Doris. „Das ist letzten Sonnabend gewesen."

„Wir könnten doch jetzt mal hinfahren und uns den Laden ansehen", schlägt Eva vor. „Das Display von meinem Fahrrad hat einen Sprung, vielleicht kam man mir da helfen."

„Gute Idee. Unser Pensum für heute haben wir ohnehin noch nicht erreicht", ergänzt ihr Mann Klaus.

Der Vorschlag findet allgemeine Zustimmung. Sie steigen auf ihre Fahrräder und fahren durch das Zentrum zur Elsa Brandström Straße. Alle fahren inzwischen ein Pedelec, ein Fahrrad mit elektrischer Unterstützung. Leise summend, kaum hörbar, werkelt ein kleiner Motor entweder im Hinterrad oder in der Rahmenmitte.

Eine Viertelstunde später hat die Gruppe das neue Fahrradgeschäft erreicht. Sie stellen ihre Pedelecs ab und sehen mit großen Augen in die beiden Schaufenster. Viele Fahrräder und interessantes Zubehör ziehen ihre Blicke an.

Eva Rieper betritt den Laden. Sie sucht nach jemandem, der der Besitzer, beziehungsweise ein Verkäufer sein könnte. Ein gut aussehender junger Mann um die dreißig berät gerade ein Paar. Ein kleines Kind steht neben ihnen.

Der junge Verkäufer bemerkt Eva Rieper. „Hallo, ich bin gleich bei Ihnen, einen kleinen Moment bitte, ich bediene diese Herrschaften zu Ende, dann stehe ich Ihnen zur Verfügung."

Eva geht zu den Kollegen zurück und betrachtet mit ihnen das reichhaltige Angebot an neuen Fahrrädern.

Charly hat die Situation verfolgt. „Sind Sie eigentlich alleine im Laden? Das kann doch mitunter etwas knapp werden."

Tobias Heidmann nickt. „Ja, leider ist es im Moment so. Außerdem habe ich die Werkstatt, in der ich später, wenn alles läuft, Reparaturen und Wartung durchführen möchte. Nur kann ich dann nicht vorne im Laden sein. Eine Hilfe beim Verkauf könnte ich gut gebrauchen."

Charly brütet eine Idee aus, wenn sie zurück sind, wird er mit Julia darüber reden.

Die Gruppe der Fahrradfahrer verfolgt das Verkaufsgespräch der drei Personen mit dem Inhaber des Geschäftes. Besonders die kleine Angelina weckt das Interesse der weiblichen Mitglieder des Fahrradvereines. Wenn sie ihr glückliches Kinderlachen hören lässt, schmelzen die Frauen dahin.

„Fahren wir nicht Donnerstag nach Krautsand?", fragt Rita Kösel den Planer der Gruppe, Klaus Rieper.

„So ist es vorgesehen. Wir haben dort die Möglichkeit, in einer der Imbissbuden Eis, Kuchen oder auch eine Bratwurst zu essen. Kaffee gibt es auch."

Rita sieht zu dem kleinen Mädchen hinüber. Sie ist so munter und wirkt sehr aufgeweckt. Leider sind ihr eigene Kinder versagt geblieben. Ihr geht Krautsand durch den Kopf, da gibt es einen kilometerlangen Sandstrand, das ist perfekt zum Baden und Spielen für ein kleines Kind.

Charly spukt noch das Wort Krautsand durch den Kopf. Was er da eben von den Radfahrern mitbekommen hat, klingt interessant. Er wendet sich an den Inhaber des Geschäftes. „Sagen Sie, dieses Krautsand – was ist das?"

Der Händler kennt sich aus. „Das ist eine Insel in der Nähe von Drochtersen in der Elbe. Man kann dort wunderbar im Sand spielen oder auch baden, wenn man möchte. Ich könnte mir vorstellen, dass es Ihrer Tochter dort gut gefallen würde. Aber Vorsicht, die Elbe hat Strömungen, wenn man weiter rausschwimmt und wenn ein Schiff, zum Beispiel ein Containerschiff, in der Ferne vorbeifährt, kommt es am Strand zu einer ziemlichen Brandung. An Ihrer Stelle würde ich außerdem den Tidenkalender zurate ziehen, bei Ebbe ist dort anstelle von Wasser schwarzer Schlick."

„Sie wissen gut Bescheid, danke für die Info. Ist es denn weit von hier?"

„Na ja, mit dem Auto geht es rasch, es sind gut 20 Kilometer. Es ist aber auch mit dem Rad zu machen. Warten Sie, ich zeige Ihnen das auf einer Karte." Er entfaltet eine Straßenkarte und fährt mit dem Finger die Strecke entlang. „Sehen Sie, hier könnten Sie fahren. Mit dem Fahrrad dauert es wohl zwei Stunden. Ich würde in dem Fall eine der Nebenstrecken benutzen, damit sie nicht ständig an der Bundesstraße entlangfahren müssen."

„Ja, das ist bestimmt schöner." Charly bewegt den Gedanken in seinem Kopf. „Was sagst du dazu, Julchen?", fragt er seine Begleiterin, die sich mehr mit dem kleinen Mädchen beschäftigt und nicht ganz bei der Sache ist.

„Äh, was soll ich wozu sagen?"

Charly kraust die Stirn. „Ich wollte mit euch zum Baden an einen Strand hier in der Nähe fahren. Das würde Angelina sicher gut gefallen."

„Warum nicht? Ich bin dabei." Sie blickt zu dem kleinen Mädchen, das vergeblich versucht, dem Gespräch zu folgen.

Der Einkauf kostet Charly fast zweitausend Euro. Er hat in weiser Voraussicht genug Geld mitgenommen und bezahlt bar – mit seiner EC-Karte würde er eine breite Spur hinterlassen. Dafür erhalten sie ein Fahrrad für Julia, einen Kindersitz für Angelina, der von dem freundlichen Herrn Heidmann an Ort und Stelle montiert worden ist, und einen Anhänger mit Befestigungsmaterial für sein E-Bike.

„Fahr' du mit Angelina schon vor, ich komme mit dem Hänger hinterher", schlägt er vor.

Julia ist zu Anfang mit dem neuen Fahrrad und dem Gewicht Angelinas im Kindersitz noch unsicher. Deshalb läuft Charly einen Moment nebenher. Doch Julia stellt sich geschickter an, als beide erwartet haben und kommt rasch mit dem Rad klar.

Tobias Heidmann hat jetzt Zeit für Eva Rieper. „Womit kann ich Ihnen helfen?", wendet er sich an sie.

„Das Display von meinem Bosch-System hat einen Sprung. Gibt es da Ersatz?"

Welche Ausführung haben Sie?"

„Ich glaube, es ist das Modell Nyon."

„Das kann sein. Ich seh' mir das mal an." Tobias Heidmann folgt Eva nach draußen und lässt sich das Display zeigen. „Ja, das ist das Nyon. Ich habe von Bosch eine Nachricht bekommen, dass dieses Model wegen eines Herstellungsfehlers häufiger diesen Mangel zeigt. Deshalb werden diese Displays aus Kulanzgründen kostenfrei ersetzt."

„Oh, das ist aber schön", freut sich Eva.

„Ja, ich benötige lediglich Ihre Anschrift und Ihren Namen."

„Wie lange kann es denn dauern?"

„Ein paar Tage. Fragen Sie doch in einer Woche wieder nach."

Zufrieden kehrt sie zu ihren Kollegen zurück.

„Na - alles klar?"

„Ja, es war eine gute Idee, hierher zu fahren.

***

Charly, Julia und die kleine Angelina sind wieder zu Hause. Es ist zwar nicht ihr Heim, es kommt ihnen inzwischen jedoch so vor. Wenn die Besitzerin wiederkommt, werden sie sich neu orientieren müssen.

Julchen hat Angelina zu Bett gebracht, sie ist von dem Fußmarsch und der Aufregung mit dem Fahrrad sehr müde und schläft sofort ein. Charly hat die Kupplung für den Fahrrad-Anhänger an sein E-Bike montiert. Für einen gelernten Kraftfahrzeugmechaniker war das keine große Sache. Jetzt ist er im Wohnzimmer und hat sich zu Julia auf die Couch gesetzt.

„Sag mal, Julchen. Ist Angelina nicht vielleicht eher deine Tochter? Vom Alter käme es doch hin."

Sie reißt ihre Augen auf und blickt ihn erschrocken an.

„Wie kommst du denn darauf?"

„Na, ja. Im Fahrradladen hat der Verkäufer auch gedacht, die Kleine sei deine Tochter, deshalb dachte ich darüber nach. Stimmt es denn nun oder nicht?"

Julia blickt nachdenklich auf den Boden. Dann hebt sie ihren Kopf und sieht Charly mit tränenfeuchten Augen an. „Ja, du hast recht, sie ist meine Tochter."

„Warum hast du mir das nicht gleich gesagt?"

„Ich habe Angst vor deiner Reaktion gehabt. Wenn du sie nicht mitgenommen hättest, hätte ich nicht mitkommen können."

Charly nickt. Das stimmt allerdings, ein eigenes Kind hätte die ganze Situation noch viel mehr kompliziert. „Ja, und nun? Das verstehe ich nicht. Kind ist Kind, oder?"

„Ja, schon. Ich habe von Anfang an, als Angelina noch ein Baby war, gesagt, sie wäre meine Schwester. Ich dachte, ich würde sie und mich damit schützen. Wenn Polizei und Jugendamt Wind von der ganzen Sache bekommen hätten... na, Prost Mahlzeit."

„Das stimmt vermutlich." Er denkt nach. „Und wie ging es dann weiter? Gibt es einen Vater, der vielleicht auftauchen könnte und seine Tochter zurückhaben will? Das würde Scherereien geben, die wir gar nicht gebrauchen können!"

Julia schüttelt traurig den Kopf. „Nein, keine Sorge. Es gibt natürlich einen Vater, ich bin ja schließlich nicht die Jungfrau Maria." Sie lacht freudlos. „Der weiß jedoch nichts von ihr. Er war ein Freier meiner Mutter. Sie war eingeschlafen, da ist er zu mir ins Kinderzimmer gekommen und hat mich begrabbelt. Ich wollte das nicht – aber was hätte ich gegen ihn ausrichten können? Es war so ein dicker, unangenehmer Kerl. Ich war froh, als er damit fertig war."

„Du warst 15, als das passierte?"

„Ja, richtig. Kurz vor meinem 16. Geburtstag kam Angelina zur Welt. Meine Mutter hat mir mit der Kleinen geholfen, ich war ja selbst noch ein Kind."

Charly mustert sie nachdenklich. „Was ich nicht verstehe, ist, dass du nach deiner Vergewaltigung und der Mutter, die sich ihr Geld als Prostituierte verdient hat, dir selbst deinen Unterhalt als Prostituierte verdienen wolltest."

Julia denkt eine Weile über eine Antwort nach und wischt sich eine Träne aus dem Auge. „'Wollen' ist gut. Als wenn das jemand wollte! Ich habe nichts gelernt, das ist das Einzige, was ich kann. Meine Mutter war nicht direkt ein Vorbild, aber sie kam wenigstens irgendwie damit zurecht."

„Was hat deine Mutter denn dazu gesagt, dass du im gleichen Milieu, äh…. gearbeitet hast?"

„Begeistert war sie nicht, aber ich glaube, sie hat das vorhergesehen. Ist eben so. Ausbildung war nie ein Thema bei uns."

„Ja, und genau zu deiner Ausbildung möchte ich nun etwas sagen. Mir ist aufgefallen, dass der neue Fahrradhändler ganz alleine in seinem Geschäft ist. Ich könnte mir vorstellen, dass du ihn in seinem Laden unterstützen könntest."

„Ich? Ich kann doch nichts", erwidert sie erschrocken.

„Nein, aber du könntest etwas lernen. Es würde genügen, wenn du die Kunden ansprichst, fragst, was sie möchten und einfache Fragen beantwortest. Das könnte dir der Herr Heidmann beibringen. Du müsstest wissen, was ihr verkauft, was ihr sonst noch anbietet, wie Reparaturen, Zubehör. Du solltest die technischen Daten der Fahrräder kennen, die im Laden stehen."

„Du denkst, das könnte ich lernen?"

„Davon bin ich überzeugt. Du bist nicht dumm. Außerdem bist du sehr hübsch, das wäre für viele Kunden ein Grund, das Geschäft zu betreten. Entscheidend ist natürlich, was der Herr Heidmann zu meiner Idee sagt, Voraussetzung ist dein und sein Einverständnis."

„Brauche ich da Zeugnisse? Einen Abschluss habe ich nicht, das sage ich dir lieber gleich."

„Zeugnisse - daran hab' ich nicht gedacht. Wie lange bist du denn zur Schule gegangen?"

„Ich glaube, bis zur achten Klasse. Dann bin ich nicht mehr hingegangen."

„Ist man nicht mindestens bis zur neunten Klasse schulpflichtig?"

„Kann sein. Das Jugendamt hat sich ein paarmal blicken lassen, so 'ne komische Frau. Ich glaube, die haben aufgegeben, als sie gesehen haben, wie wir leben. Überhaupt: Was glaubst du, wie viele Kids nicht zur Schule gehen? Hängen am Bahnhof rum, oder sonst wo. Die kleinen Kinder gehen schon, aber so ab zwölf, dreizehn ist Ende. Darum sollte sich das Jugendamt mal kümmern."

„Ja, das stimmt wohl. Schade eigentlich, es gibt nichts Wichtigeres als Bildung."

„Und du? Wie war das bei dir?"

„Ich hab' die Volksschule mit Abschluss besucht und in einer Autowerkstatt Kraftfahrzeugmechaniker gelernt."

„Immerhin, da hast du wenigstens einen Beruf."

Julia sieht ihn skeptisch an, dann kommt ihr ein Gedanke. „Was ist mit Angelina? Um die muss sich jemand kümmern, wenn ich tatsächlich dort arbeiten sollte."

Das ist ein wichtiges Argument, Charly überlegt, wie er das entkräften kann. „Hm. Ich glaube, es gibt mehrere Möglichkeiten. Ich könnte auf sie aufpassen, solange ich nicht selbst eine Stellung habe. Eine andere Möglichkeit wäre es, Angelina eventuell mit ins Geschäft zu nehmen."

„Na, ich weiß nicht. Dem muss der Inhaber auf jeden Fall zustimmen. Angelina muss Spielzeug mitnehmen, sie muss irgendwie beschäftigt werden. Ich glaube nicht, dass das klappt."

„Eine dritte Möglichkeit wäre es, sie in einen Kindergarten zu geben. Dort wäre sie in guter Obhut." Charly gefällt diese Idee besonders gut. „Die Kleine würde eine Menge Dinge lernen, die ihr bestimmt Spaß machen würden."

Julia kratzt sich am Kopf. „Ich weiß nicht. Ich habe ein ungutes Gefühl dabei, sie jemand anderen zu überlassen."

„Besser als bei mir ist das auf jeden Fall."

„Du würdest das gut machen, da bin ich sicher", erwidert sie.

„Gut, mag sein. Entscheidend ist zuerst einmal, ob dich Herr Heidmann überhaupt als Hilfe einstellen würde. Wenn er zusagt, können wir prüfen, ob es mit dem Kindergarten klappen könnte."

„Was ist mit dir?", fragt Julia. „Könntest du dir eine Arbeit suchen?"

„Ja, das stimmt. Ich glaube, ich bin ein ganz ordentlicher Kraftfahrzeugmechaniker. Das Problem ist, dass ich totsicher zur Fahndung ausgeschrieben bin."

„Wegen der Sache an der Elbchaussee?"

„Genau. Ich denke jedoch, dass mein Part dabei als Notwehr angesehen werden könnte. Ich musste die Angreifer töten, um mein Leben zu retten. Die Polizei wird mich trotzdem suchen, weil sie den Fall aufklären will."

„Ja, so war das wohl. Ich könnte das bezeugen", ergänzt sie mit Stolz in der Stimme.

„Danke dafür. Es gibt aber noch andere ungeklärte Fälle, an denen ich beteiligt war. Ruckzuck hat man mich dann doch am Wickel. Und eben deshalb muss ich darauf achten, dass ich nirgendwo in Erscheinung trete. Sobald ich irgendwo meinen Ausweis vorzeige, leuchtet bei der Schmiere ein Lämpchen auf und - zack – hat man mich verhaftet. Und deshalb müsste ich schwarz arbeiten, ohne Anmeldung. Du dagegen kannst gerne in Erscheinung treten, nach dir sucht man nicht."

„Kannst du dir keine falschen Papiere beschaffen?"

„Hab auch schon darüber nachgedacht. Die Kohle und die Verbindungen hätte ich, aber das wäre dann noch eine Straftat, die ich dann auf dem Kerbholz hätte…"

„Mensch, Charly, wir sind schon Scheiße dran", fasst Julia zusammen.

„Findest du? Könnte schlimmer sein. Ich habe noch eine Menge Bargeld, damit sollten wir noch über ein Jahr zurechtkommen. Wer weiß, was dann ist. Vielleicht sucht man mich dann nicht mehr. Außerdem geht es uns doch ganz gut so, wir leben wie fast normale Menschen." Für einen Moment wird Charly klar, dass er in einem Jahr schon tot sein könnte. Er hat schon lange nicht mehr an seinen baldigen Tod gedacht.

Am Abend sehen sie beide nach Angelina. Sie schläft tief und fest, wie ein kleines Engelchen. Charly kommt sich beinahe vor, wie ein Familienvater, er freut sich an dem unschuldigen Kind, das wenigstens zur Zeit keine Sorgen kennt.

Krautsand

Es ist Anfang Juli, das Wetter ist ausgesprochen schön. Die Sonne scheint vom blauen Himmel, es ist eindeutig Badewetter. Charly erinnert sich an den Vorschlag der Fahrradfahrer, den Strand in Krautsand aufzusuchen. Er wird dafür den Pickup aktivieren müssen. Er tut das nicht gern, weil das Fahrzeug sehr auffällig ist, und er vermeiden wollte, mit dem Auto gesehen zu werden. Vielleicht kann er ihn so parken, dass er nicht jedem ins Auge springt.

„Sag mal, Julchen. Was hältst du davon, wenn wir drei nach Krautsand fahren würden? Für dich und das Engelchen werden wir Badezeug kaufen, für mich finde ich etwas Geeignetes. Vielleicht auch Spielzeug für den Strand, ich kenne mich da nicht aus.

„Ey, toll. Das würde mir gefallen!" Sie schlingt ihre Arme um ihn und gibt ihm ein Küsschen auf die Wange.

Es ist 10 Uhr am Vormittag, Charly fährt den Pick-up aus dem Versteck heraus. Julia hat im Haus eine Decke und ein Handtuch gefunden, die sie unter dem Arm trägt. Mit der anderen Hand hält sie Angelina. Die Kleine ist bereits sehr aufgeregt, weil Julia ihr schon viel von dem Spaß am Strand erzählt hat.

Er startet den Wagen und fährt los. Ihr erstes Ziel ist Drochtersen, dort sollen sie und Angelina Badekleidung erhalten. Charly verwahrt sein gesamtes Hab und Gut in seinem Wohnwagen, dort hat er zu seiner Überraschung eine Badehose gefunden.

Krautsand ist eine Insel, die schon vor 400 Jahren urkundlich erwähnt wurde. Von dem ursprünglichen Inselcharakter ist heute kaum etwas zu bemerken. Der Arm der Elbe, der die sieben Kilometer lange Insel vom Festland trennt, ist inzwischen zu einem leicht zu übersehenden Graben versandet, man kann ihn lediglich an den beiden Brücken erkennen, die zum Erreichen der Insel überquert werden müssen.

Von Drochtersen nach Krautsand ist es lediglich ein Katzensprung, den Charly in wenigen Minuten zurücklegt. Seine Insassen werden immer aufgeregter, Angelina kann es kaum abwarten, ihr Spielzeug für den Strand auszuprobieren. Unentwegt blickt sie aus dem Fenster. „Wann kommt denn endlich der Strand?", fragt sie.

„Den kannst du von hier aus nicht sehen, es ist immer ein Deich davor", erklärt ihr Julia.

Charly parkt seinen Pick-up auf dem Parkplatz Pastorenweide, dort ist sein auffälliges Fahrzeug weniger sichtbar. Julia hält Angelina an der Hand, die vor lauter Aufregung ständig hoppst. „Pass auf, mein Schatz, du wirst noch hinfallen, wenn du weiter so springst wie ein Gummiball."

Charly trägt eine große Tasche, in der sich die Decke, das Handtuch und die Sandspielsachen für Angelina befinden. Das Badezeug haben alle drei bereits untergezogen.

Als sie den Gipfel des Deiches erreichen, kreischt Angelina in den höchsten Tönen. „Ich kann das Wasser sehen! Ich kann das Wasser sehen!"

Einige hohe Bäume behindern den Blick auf die Elbe, immer wieder blinkt Wasser dahinter hervor, beschienen durch eine unermüdlich strahlende Sonne. Ihr Weg führt sie einen Plattenweg entlang, der von kleinen Imbissbuden gesäumt ist – dann ist die Elbe zu sehen. Nur unmerklich strömt das Wasser in Richtung Cuxhaven, blau wölbt sich ein wolkenloser Himmel. In der Ferne ist ein riesiges Schiff zu sehen, in bunten Farben schimmern hoch aufgetürmte Container. Es fährt in Richtung Hamburg, es wird bald aus ihrem Blickfeld verschwinden.

Julia hält die Hand von Angelina, dann lässt sie los und die Kleine zischt davon, wie von einem Gummiband abgeschossen. Lächelnd sieht ihr Charly hinterher. Das Mädchen soll und wird hier eine schöne Zeit verbringen, etwas, das er in seiner eigenen Kindheit nicht gehabt hat.

Er sucht sich mit Julia eine geeignete Stelle, nicht zu weit vom Wasser entfernt, an der sie die Decke ausbreiten. Es ist fast windstill, das Wasser der Elbe strömt glatt dahin, unterbrochen lediglich von einem Küstenmotorboot, das leise tuckernd der Mündung zustrebt und eine kleine Bugwelle vor sich herschiebt.

Julia trägt einen blauen Bikini. Die vier Dreiecke haben eher eine Alibi-Funktion, sie entblößen mehr, als sie bedecken.

Charly gibt sich Mühe, nicht zum Unterteil zu blicken, das keinen Raum für Phantasie lässt. Julia ist schlank und zierlich, aber wohlgerundet, ein echter Hingucker.

Angelina steckt in einem roten, einteiligen Badeanzug, sie sieht sehr niedlich darin aus.

„Lass uns das Engelchen nehmen und mit ihr zum Wasser laufen", schlägt Charly vor.

Gesagt, getan. Die Kleine kreischt vor Freude, als die beiden Großen sie an je einer Hand halten und mit ihr zum Wasser eilen. Dort angekommen, zieht sie die Beine hoch, damit sie nicht nass werden.

Charly und Julia lassen sie fallen, als das Wasser tief genug ist.

Angelina schreit vor Vergnügen, als sie in das kalte Wasser eintaucht.

Charly greift sie mit den Händen und zieht sie durch das Wasser, die Kleine kreischt und zappelt. Er genießt das ehrliche Entzücken des kleinen Mädchens. Es erwärmt sein Herz, das bisher einem Stein nicht unähnlich war.

Eine Gruppe von Jungen, vielleicht sechs oder sieben, im Alter zwischen 14 und 18 Jahren, kommt auf sie zu. Sie haben einen Ball dabei, mit dem sie sich gegenseitig bewerfen. Sie lachen und haben offenbar viel Spaß. Als sie an Charly und Julia vorbeikommen, sind sie plötzlich still. Sie bleiben stehen und starren Julia an.

Charly stellt verblüfft fest, dass Julchen mehr Blicke auf sich zieht, als ihm lieb ist. Doch jetzt wird ihm das Glotzen zu viel, er richtet sich auf und schickt einen bösen Blick zu den jungen Männern. Die weichen ein paar Schritte zurück und legen schließlich ihren ursprünglich geplanten Weg fort.

Julia grinst ihn an. „Wenn ich dich schon früher gekannt hätte, wäre ich heute noch Jungfrau."

Charly lächelt sie an. „Mag sein, dann würde es das Engelchen aber nicht geben."

Sie wendet sich dem Mädchen zu. Die Kleine liegt neben ihnen auf der Decke und schläft. „Nein, das wäre allerdings ein Verlust, sie kann ja nichts für ihren blöden Vater."

„Was wirst du ihr sagen, wenn sie alt genug dafür ist?"

„Gute Frage. Hab viel darüber nachgedacht. Wahrscheinlich wird der Kleinen erst in Kindergarten oder Schule auffallen, dass die meisten Kinder einen Vater haben. Dann muss ich mir etwas einfallen lassen, mit der Wahrheit kann ich ihr nicht kommen."

„Nein, das wohl nicht."

Ein leichter Wind weht über Strand und Wasser, der blaue Himmel spannt sich über die Elbe und das Land, soweit das Auge reicht. Das gegenüberliegende Ufer in Schleswig-Holstein ist etwa 2 Kilometer entfernt, es wird teilweise von der Elbinsel Rhinplate verdeckt. Sträucher und hohe Bäume behindern den Blick zum Deich hinter ihnen. Vor ihnen erstreckt sich ein sieben Kilometer langer Strand, an dem sich viele Badegäste tummeln. Das Wasser strömt geräuschlos an ihnen vorbei. Mitunter läuft die Bugwelle eines der Schiffe am Ufer entlang und erzeugt ein leises Plätschern.

„Ist es hier nicht schön?", fragt Julia, die sich auf der Decke ausgestreckt hat.

Charly hockt neben ihr auf der Decke und hat die Arme um die Knie gelegt. Er blickt in die Ferne und hängt seinen Gedanken nach. Wie lange wird er hier sicher sein? Letztendlich ist es eine Frage des Zufalls, ob er hier, in Hemmoor oder sonst wo, entdeckt wird. Das größere Problem scheinen ihm die Gauner vom Kiez und weniger die Polizei zu sein. Bei der würde ihm ein gerechter Prozess zugestanden, die Luden von der Reeperbahn sind da weniger zimperlich. Bei denen geht es nach dem Motto „Tote reden nicht".

Er sieht einem Segelboot hinterher, völlig geräuschlos zieht es seine Bahn. Es ist ein Freizeitboot, er kann auf dem Deck zwei Personen in weißer Kleidung erkennen. Es muss schön sein, dort sitzen zu können und den Wellen und den Möwen hinterher zu sehen. Er hat es jetzt auch schön, wie eigentlich noch nie zuvor. Unklar ist jedoch seine Zukunft. Wie lange wird er in dem Haus wohnen bleiben können? Es kann sich doch höchstens um ein paar Wochen handeln. Die Eigentümerin kann jeden Tag in der Tür stehen und sich über die kleine ‚Familie' in ihrem Haus wundern. Und die fernere Zukunft? Er muss Geld verdienen, das ist vorrangig. Der Gedanke, wieder mit illegalen Inkassomethoden säumige Zahler unter Druck zu setzen, ist ihm plötzlich zuwider. Seitdem er mit Julia unterwegs ist, hat sein Weltbild einen Sprung bekommen. Ihm ist aufgefallen, dass Wesenszüge wie Zuneigung, Mitgefühl und Verständnis, nach und nach einen Platz in seinem Leben einnehmen. Wesenszüge, die er bisher nicht kannte, schon gar nicht an sich selbst.

Und dann ist da noch der verdammte Krebs. Vielleicht wird der Lungenkrebs seinem neuen Leben bald ein Ende setzen. Er versucht, den Gedanken daran wegzuschieben, aber das ändert nichts an der Situation.

Auf einer der Decken in ihrer Nähe liegt ein junges Pärchen. Die junge Frau sieht Julia ähnlich, der junge Mann mag 18 Jahre alt sein. Sie genießen ihre Zweisamkeit, sie drücken sich eng aneinander und küssen sich immer wieder. Doch dann springt das Mädchen auf. „Fang mich doch!" Mit lautem Lachen rennt sie zum Wasser und läuft hinein, sodass es bis zu ihren Armen spritzt.

Der junge Mann ist nicht müde, er läuft hinter ihr her und erreicht sie am Strand. Sie bespritzen sich gegenseitig mit Wasser. Sie küssen sich wieder und schwimmen dann in die Elbe hinaus. Der junge Mann schwimmt besser als seine Freundin, er holt sie ein und bespritzt sie mit Wasser.

Nach wenigen Minuten kehren sie zu ihrer Decke zurück und trocknen sich gegenseitig ab, nicht ohne sich gegenseitig mit zahllosen Küssen zu verwöhnen.

Ob ihm so eine Zuneigung auch mit Julia vergönnt sein könnte? Er verdammt den Gedanken, noch bevor er aus dem Unterbewusstsein hervorkriechen kann. Er sieht Julia immer mehr als eine Verwandte, eine Schutzbefohlene. Bei so jemandem muss der Sex außen vor bleiben.

An einer anderen Stelle, vielleicht 20 Meter entfernt, liegt eine andere Decke. Ein junger Mann liegt darauf, er ist mit schwarzen Jeans und einem schwarzen T-Shirt bekleidet, offenbar genießt er nur die Sonne. Er ist um die 30 Jahre alt, hat dunkle, lange Haare, die ihm bis zur Schulter reichen. Er liegt auf dem Rücken, auf die Ellenbogen aufgestützt. In einer Hand hält er eine grüne Dose, aus der er gelegentlich trinkt, es könnte Bier sein. Neben ihm liegen eine schwarze Lederjacke und ein Helm, demnach ist er mit einem Moped oder Motorrad hier.

Jetzt erhebt er sich, steckt die offenbar leere Dose in eine Plastiktüte. Den Helm setzt er sich auf den Kopf, nimmt seine Decke und seine Jacke und verlässt den Strand in Richtung Parkplatz. Dabei kommt er auffallend nahe an Julia und Charly vorbei. Er blickt wie beiläufig zu ihr herunter und setzt seinen Weg zum Parkplatz fort.

Charly ist einen Moment alarmiert gewesen, war er erkannt worden? Aber der junge Mann wollte sich wohl nur an Julia ergötzen, wie so viele andere Männer. Ihm fiel lediglich auf, dass auf dem schwarzen T-Shirt ein Aufdruck zu sehen war: »Harley Davidson, Milwaukee«. Aha, er fährt offenbar kein Moped, sondern ein schweres Gerät.

Charly sieht ihm einen Moment hinterher, nein, der junge Mann setzt seinen Weg zum Parkplatz fort. Beruhigt lässt er sich wieder auf der Decke nieder.

Angelina ist wach geworden. Sie blinzelt in die Sonne und blickt dann Charly mit ihren blauen Augen an. „Hallo!", piepst sie. „Spielen wir noch mal im Wasser?"

Wie kann er ihr etwas abschlagen? „Werd' erst mal richtig wach, du Wasserratte!"

„Wasserratte!", jubelt Angelina, „Wasserratte!" Sie lacht hell.

„Ja, Wasserratte" sagt Julia lächelnd.

Die Kleine ist wach. Charly greift ihre kleine Hand und läuft mit ihr zum Strand hinunter.

Sie gluckst lachend und springt über die Kuhlen im Sand, bis sie das Wasser erreichen. Mit lautem Schreien läuft sie in das kalte Wasser hinein.

Sie spielen Haschen, wobei Charly so tut, als könne er nicht schneller laufen, und lässt sie gewinnen. Nass und mit einem Lächeln kehren sie zu ihrer Decke zurück, wo Julia bereits mit dem Handtuch wartet, um ihre Tochter abzutrocknen.

Wegen des guten Wetters ist der Strand inzwischen von vielen Besuchern belegt. Ein paar Meter von ihnen entfernt stehen zwei Klappstühle, auf denen zwei ältere Damen sitzen. Sie scheinen Schwestern zu sein. Das frühere Blond ihrer Haare ist nun überwiegend Grau. Sie haben sich etwas zum Lesen mitgebracht, die größere Attraktivität scheint im Moment jedoch Angelina zu sein. Entzückt verfolgen sie jede Bewegung der Kleinen und lächeln, wenn Angelina lacht.

Die Ältere der beiden ist damenhaft und gepflegt. Die grauen, kinnlangen Haare sind sorgfältig frisiert, die Kleidung, eine weiße Bluse und eine feine Tuchhose, ist gediegen, aber für den Strand irgendwie unpassend, verleihen ihr jedoch ein vornehmes Auftreten. Die andere Frau steht auf und geht mit einer Flasche und einem Glas zu dem Platz, auf dem Charly und Julia liegen. „Möchten Sie etwas zu trinken haben? Die Kleine wird doch durstig sein."

Charly und Julia blicken sich gegenseitig an. Daran, etwas zum Trinken mitzunehmen, haben sie nicht gedacht. Sie sind eben noch nicht die routinierten Strandgänger.

„Das ist sehr nett von Ihnen, vielen Dank. Wir haben gar nicht daran gedacht. Aber nur, wenn Sie es wirklich erübrigen können, nicht, dass es Ihnen später fehlt."

Die alte Dame lächelt. Sie macht mit ihren vom Wind zerzausten Locken, ihrer Jeans, dem T-Shirt und den langen Halsketten eher den Eindruck eines Späthippies. „Das ist kein Problem, sehen Sie", sie zeigt mit der Hand zum Deich. „Wir wohnen dort hinten, wir können uns jederzeit mit Trinkbarem versorgen."

Julia staunt. „Oh, da wohnen Sie aber schön. Warum kommen Sie denn zum Strand?"

„Wissen Sie, das hat mehrere Gründe. Von unserem Haus aus können wir die Elbe nur vom Obergeschoss aus sehen. Außerdem gefällt uns das Leben am Strand, hier ist was los, im Gegensatz zu unserer Wohnung. Man lernt hier Leute kennen, wie zum Beispiel Sie und ihre wirklich entzückende Tochter." Sie füllt das Glas mit Selters und reicht es Julia. „Hier bitte."

Angelina steht neben ihnen und sieht ihrer Mutter und der fremden Frau aufmerksam zu.

Julia reicht der Kleinen das Glas. „Hier mein Schatz, das ist für dich, es ist von der netten Frau."

Die Kleine probiert vorsichtig und trinkt es dann mit einigen Schlucken leer.

„Ich dachte es mir doch, man braucht ab und zu etwas zu trinken. Sie können übrigens an einer der Buden Kaffee erhalten, wenn Sie mögen. Auch Saft oder Limonade für die Kleine."

Charly meldet sich zu Wort. „Das ist ein guter Tipp, wir hatten vor, zu den Buden zu gehen, aber über dem Spielen habe ich es total vergessen." Er blickt die Dame an. „Wenn Sie mögen – ich lade sie und ihre Freundin gerne ein."

Die Dame schüttelt den Kopf. „Das ist nett gemeint, vielen Dank. Wir werden nachher bei uns zu Hause Kaffee trinken. Wir mögen den hier nicht, wir sind unsere Sorte gewohnt, alte Leute stellen sich nicht gerne um." Sie lacht." Im Übrigen sind wir Schwestern. Ich heiße Stefanie, meine jüngere Schwester heißt Claudia." Sie streckt Julia ihre Hand hin. „Sagen Sie Steffi zu mir, ja? Ich freue mich, Sie kennenzulernen."

73

„Das gleiche gilt für mich. Ich heiße Julia oder Julchen. Dieser Mann", sie zeigt auf Charly, „ist ein Cousin von mir, er heißt Karl, akzeptiert aber auch Charly."

Der reicht seine Pranke der alten Dame und versucht sich an einem Lächeln. „Das Vergnügen ist ganz auf meiner Seite." Er wundert sich insgeheim, wo dieser Satz hergekommen ist. Sein Vokabular bestand bisher lediglich aus Sätzen wie: „Wird's bald, du Arschloch?" oder „Lass dich hier nie wieder sehen!"

Steffis Schwester steht auf, geht auf die Gruppe zu und sagt: „Guten Tag, mein Name ist Claudia Vollmers. Wie schön, dass wir uns kennenlernen."

Charly trägt die Klappstühle und die Tasche der beiden Damen zu ihrer Decke und stellt sie dort wieder auf.

Das Hauptinteresse der Schwestern besteht im Betrachten von Angelina. Bei jedem Lächeln, jeder Bewegung von ihr, schmelzen sie förmlich dahin.

„Ist es eure gemeinsame Tochter?", fragt Steffi.

Julia schluckt kurz, fängt sich aber schnell und antwortet: „Nein, die Kleine heißt Angelina und ist meine kleine Schwester. Charly ist lediglich ein entfernter Cousin." Das ist zwar gelogen, aber wenn Sie die Kleine als ihre Tochter vorstellen würde, könnte das Fragen nach dem Vater und Charlys Rolle innerhalb der Drei nach sich ziehen. Deshalb wird sie Angelina weiterhin als ihre kleine Schwester vorstellen.

Die beiden Damen schlucken die Antwort. Ihr einziges Interesse gilt dem kleinen Mädchen, das sie fasziniert beobachten.

„Wollen wir nicht doch zu den Buden gehen?", fragt Charly. „Ich habe gesehen, dass man dort Eis bekommen kann, das würde der Kleinen bestimmt gefallen."

„Ja, da kommen wir gerne mit", ertönt es von den Schwestern unisono. Sie freuen sich jetzt schon an dem Gesicht, das Angelina bestimmt machen wird, wenn sie ein Eis bekommt.

„Was machen wir mit unseren Sachen? Lassen wir die unbeaufsichtigt zurück?", sorgt sich Julia.

„Hier wird nicht geklaut", weiß Steffi. „Außerdem können wir unsere Dinge von den Buden aus beobachten. Wir nehmen lediglich unser Portemonnaie mit, das brauchen wir ohnehin."

In der Nähe der Anlegestelle gibt es einige Imbissbuden, die trotz des Wochentages gut besucht sind. Man bekommt zum Beispiel Würstchen, Fischbrötchen, Kaffee und Kuchen, Bier und andere Getränke - die Auswahl ist reichlich.

Julia und Charly streben mit Angelina zu dem Eisverkäufer. Man bekommt bei ihm Eis im Becher oder Softeis in einer Waffel.

Claudia und Steffi sind ihnen gefolgt und hängen mit ihren Augen an jeder Bewegung vom Engelchen.

Die erhält gerade ihr erstes Eis, Julia reicht ihr die Waffel und erklärt ihr, wie sie es essen kann. „Du musst es mit einer Hand halten und mit der Zunge daran lecken." Zur Verdeutlichung macht sie es ihr vor und schleckt einmal mit der Zunge an dem Softeis.

Angelina beobachtet sie mit großen Augen und kann es kaum abwarten, es ihrer Mutter nachzumachen.

„Kennt Angelina kein Eis?" fragt Charly leise.

„Nein. Höchstens mal ein kleines Wassereis am Stiel, sowas wie dieses hier ist ihr neu."

Dann kauft Charly für sich und Julia ebenfalls eine Waffel mit Eis. „Wie ist es mit einem Eis?", fragt er die Schwestern, die den Vorgängen entzückt folgen.

„Danke, nein. Wir haben noch Kuchen zu Hause, davon werden wir nachher essen." Steffi reicht Julia die Hand zum Abschied. „Es hat uns sehr gut mit Ihnen gefallen, Julia. Ihre kleine Schwester ist wirklich sehr entzückend."

Julia und Charly ergreifen die Hand der Kleinen und verabschieden sich.

„Sehen wir uns wieder?", erkundigt sich Claudia.

Julia blickt Charly an. Der nickt. „Das würde uns freuen. Solange das Wetter so schön bleibt, werden wir wahrscheinlich jeden Tag herkommen."

„Das ist schön! Wir werden auf euch achten. Fahren Sie vorsichtig!" Dann gehen sie zu ihren Klappstühlen zurück.

Charly und Julia schlendern mit Angelina den Plattenweg zum Deich zurück und betrachten den Betrieb an den Buden. An dem Wagen, an dem man Fischbrötchen bekommt, steht eine Gruppe Fahrradfahrer, die gelb-grüne Jacken tragen.

„Sind es nicht die, die wir bei dem Fahrradhändler getroffen haben?", fragt Julia.

Sie sind ebenfalls bemerkt worden. „Hallo!", ruft jemand aus der Gruppe, einige winken.

„Sind Sie mit dem Fahrrad hier?", möchte Fritz wissen. Er ist 72 Jahre alt, er war früher als Maurer tätig. Er wirkt sehr kräftig.

„Nein, wir sind mit dem Auto gekommen. Für das Fahrrad ist es uns zu weit", erwidert Charly.

„Na ja, zwei Stunden dauert es schon. Außerdem haben Sie das Kind dabei", räumt Klaus Rieper ein. „Da ist es mit dem Auto schon komfortabler."

Charly hebt die Hand zum Abschied. „Auf Wiedersehen. Fahren Sie vorsichtig."

Kurz vor dem Deich blicken sie in das Deichvorland elbaufwärts. Charly erkennt es als erster. „Ist das da hinten nicht ein Stellplatz?" Sie machen sich auf den Weg zu dem Platz und studieren die Anzeigetafel. Es soll 10 Euro pro Tag kosten, Strom ist eingeschlossen. Ver- und Entsorgung gibt es nicht.

Charly kraust die Stirn. „Ist nicht besonders groß, es gibt nur 10 Stellplätze. Wollen wir es die nächsten Tage mal versuchen? Im Moment sind noch zwei Plätze frei."

„Oh ja, das wäre toll!" Julia sendet ihm einen Luftkuss und blickt dann zu ihrer Tochter hinunter. „Engelchen, wir kommen wieder hierher. Was sagst du dazu?"

„Ja!" Die Kleine lacht und springt umher.

***

In dem Haus in Westersode angekommen, inspiziert Charly den Wohnwagen. Trinkwasser müsste aufgefüllt werden und das Abwasser entleert, damit wird er sich morgen früh beschäftigen. Die Gasflaschen sind okay, eine ist ganz neu, die andere dürfte noch zur Hälfte gefüllt sein. Der Fäkalientank ist ganz leer, davon hat er schon lange keinen Gebrauch mehr gemacht.

Als er in dem Wohnwagen umherblickt, fällt ihm der rote Ordner auf. Er liegt in einer Ablage über einem der Fenster. Auf dem Rücken ist er mit ‚HHLA' in großen Buchstaben beschriftet. Mit diesem Ordner hat der ganze Schlamassel begonnen! Er ergreift ihn, setzt sich hin und schlägt ihn auf.

Es sind über fünfzig Formulare über Containerabrechnungen zum Transport von Porto Cabello in Venezuela und Belem do Para in Brasilien über Rotterdam nach Hamburg. Das Produkt war Kaffee aus Brasilien, aus Venezuela waren es oft Holzbriketts. Was um alles in der Welt wollte Victor mit so viel

Kaffee, oder Holzbriketts? Nein - als Charly näher hinsieht, fällt ihm auf, dass die Produkte an eine Hamburger Firma geliefert worden sind – die »Im- und Export GmbH Grasbrook«. Trotzdem, warum hebt Victor so etwas auf? Charly sieht sich die Formulare genauer an. Gelegentlich ist eine handschriftliche Notiz darauf gekritzelt. Es ist Victors Handschrift, die erkennt er sicher. Am Ende der Rechnungen findet er etliche Blätter, die ebenfalls von der schwer lesbaren Klaue von Victor beschrieben worden sind. Namen, Telefonnummern, viele Abkürzungen sind darunter. Charly graust es bei den vielen Notizen. Für ihn sind es böhmische Dörfer, die Polizei wird ganz bestimmt viel mehr damit anfangen können. Er kann sich vorstellen, dass in diesen Containern Rauschgift transportiert worden ist, damit dealt Victor. Kaffee wurde gerne benutzt, um den Drogenspürhunden das Aufspüren des Stoffs zu erschweren. Das dürfte genau der Grund sein, weshalb er diesen Ordner wiederhaben wollte. Deshalb musste der Steuerberater dran glauben. War er nur ein zufälliges Opfer oder hatte der Chef den Tod von ihm gleich mit eingeplant, sozusagen zwei Fliegen mit einer Klappe?

Charly nimmt den Ordner und verstaut ihn in einem Versteck im Wohnwagen. Es ist unter der Geschirrschublade in der Küchennische. Man muss die Schublade ganz herausnehmen, dann kann man den Ordner sehen.

Am nächsten Morgen beschäftigt sich Charly mit dem Wohnwagen. Er entleert das Abwasser und füllt das Frischwasser auf. Zurück im Haus fragt er Julia: „Was hältst du davon, wenn wir jetzt zu dem Fahrradhändler fahren?"

„Was wollen wir denn da?"

„Hast du das schon vergessen? Wir wollen wissen, ob er dich als Gehilfin gebrauchen könnte."

Julia zieht ein Gesicht. „Ach so, ja, daran habe ich nicht mehr gedacht." Sie hat noch nie gearbeitet, der Gedanke daran verursacht ihr Unbehagen. Nicht wegen der Arbeit an sich, es ist ihr lediglich unklar, was auf sie zukommen könnte.

Die Drei strampeln los, Angelina sitzt in ihrem Körbchen am Lenker und freut sich auf die Tour. Charly fährt hinterher, damit er sein Tempo an das von Julia anpassen kann.

Tobias Heidmann ist sehr erfreut, als er seine neuen Kunden bemerkt. „Guten Tag. Kann ich Ihnen helfen?"

„Ja, obwohl die Frage eher sein könnte, ob wir, beziehungsweise meine Bekannte, Ihnen helfen könnte", erwidert Charly.

Der Händler sieht ihn fragend an. „Wie meinen Sie das?"

„Ja, es ist so: Mir fiel kürzlich auf, dass Sie hier alleine mitunter viel zu tun haben. Die Kunden, die Reparaturen, der Papierkram - da habe ich gedacht, dass Ihnen meine Bekannte vielleicht gelegentlich zur Hand gehen könnte."

Tobias Heidmann blickt zu Julia, die das Engelchen an der Hand hält und etwas abseits steht. Sie trägt ein rosa T-Shirt zu einer schwarzen Jeans und hat sich etwas geschminkt. Dunkler Lidschatten hebt ihre blauen Augen hervor, schwach aufgetragener Lippenstift betont die hübsche Kurve ihrer Lippen.

Sie sieht gut aus, Tobias' Augen verweilen länger auf ihr, als er beabsichtigt hat. „Mal sehen, hat die junge Frau denn Lust dazu?"

Julia ist inzwischen etwas nähergekommen. „Ich denke schon", sagt sie mutig. „Ich verstehe zwar nichts davon, aber das kann man doch sicher lernen, oder?"

„Ich kann Ihnen Prospekte von den Fahrrädern mitgeben, dann können Sie sich zuhause damit beschäftigen."

„Bedeutet das Zustimmung?", fragt Charly vorsichtig.

„Ich denke, ich versuche es. Ein junges, frisches Gesicht wird bei den Kunden auf jeden Fall gut ankommen. Vielleicht sollte ich mich mehr auf jüngere Kunden einstellen, als bisher. Eventuell ein, zwei Rennradmodelle, darauf stehen sie eher als auf die langweiligen Tourenräder und Pedelecs."

„Das ist ja schön. Wie könnte es jetzt weitergehen?"

„Ich werde ihrer Bekannten mehr von meinem Geschäft erzählen. Ich werde sie herumführen, damit sie sieht, was wir alles verkaufen und ihr auch meine Werkstatt zeigen. Ob sie beim Verkauf mithelfen kann, muss sich noch zeigen. Vorerst ist sie ein nettes Aushängeschild und nimmt mir ein Teil der Arbeit mit den Kunden ab."

Julia steht daneben und hört sich das mit großen Augen an. Sie zeigt zu ihrer Tochter. „Kann ich meine kleine Schwester mitbringen, falls wir keine Möglichkeit zur Beaufsichtigung haben?"

„Oh." Der Händler überlegt einen Moment. „Gut, falls nicht zu viel Betrieb ist. Wir können es mal versuchen. Aber eine Dauerlösung ist das nicht. Arbeit ist Arbeit und Kinder sind Kinder."

„Das sehe ich ein."

„Wie viel würde sie denn verdienen?" Charly ist mehr der praktische Typ.

„Tja, das weiß ich eigentlich nicht. Ich sag mal, 10 Euro die Stunde, wenn Sie an den Nachmittagen von 14 bis 18 Uhr bei mir arbeitet. Ich muss erst einmal sehen, wie es mit ihr funktioniert."

Julia freut sich. Richtig zu arbeiten und dafür bezahlt zu werden, ist ein gutes Gefühl. Allerdings ist da eine vage Sorge – wird sie das können, was der Händler von ihr verlangt? Jetzt lächelt er sie freundlich an – ach, das wird schon klappen!

„Ich könnte Ihnen für heute eine Einführung geben", erklärt der Händler. „Im Moment sind keine Kunden hier, das passt gut."

„Oh, ja!" Julia hat Gefallen an dem Gedanken gefunden, eine sinnvolle Arbeit auszuführen. „Ja, gerne!" Sie fühlt sich viel erwachsener und der nette Händler gefällt ihr. „Was machen wir mit Angelina?"

Charly bietet sich an. „Ich könnte mit ihr zu dem Spielplatz in der Poststraße fahren, ich muss nur mit dem Fahrrad nach Hause fahren und mein Auto holen."

„Schön, dann ist alles in Butter", freut sich Julia.

„Ich fahr denn mal!", verabschiedet sich Charly und verlässt den Laden.

„Bis Ihr Bekannter zurückkommt, könnten wir versuchen, die Kleine mit einem Dreirad im Laden fahren zu lassen." Tobias Heidmann holt aus einer Ecke ein kleines Dreirad hervor. Er hält es fest, während Julia dem Mädchen zeigt, wie sie sich hinsetzen und wie sie ihre Hände halten muss. Mit einem Dreirad zu fahren ist für Angelina genauso neu, wie ein Eis aus der Waffel zu essen. Nach einigen zaghaften Versuchen klappt es ganz gut. Die Kleine fährt mit leuchtenden Augen durch den Laden. Einmal fährt sie gegen eines der ausgestellten Fahrräder, das daraufhin umkippt.

Tobias hat es mit einem raschen Griff aufgefangen. „Es ist nichts passiert, sie macht es doch schon gut, oder?" Er lächelt seine neue Mitarbeiterin an, die sich in seiner Nähe immer besser fühlt. Er ist so ganz anders als die Männer, denen sie bisher begegnet ist. Er ist freundlich und mitfühlend.

Dann zeigt er ihr seine Werkstatt. „Ich kann hier fast alles reparieren. Einen Plattfuß sowieso, Auswechseln von Lagern und Einstellen von Kettenschaltungen. Ich speiche auch ein

Rad ein mit anschließender Justierung. Etwas komplizierter ist es mit den Motoren. Ich habe bei Bosch einen Kursus zur Wartung ihrer Fahrradmotoren mitgemacht, die kann ich reparieren. Die anderen Antriebe, die im Vorder- oder Hinterrad sitzen, muss ich an den Hersteller schicken. Ich baue dafür das Laufrad aus und ab die Post. Ich erzähle Ihnen das nicht, um anzugeben, sondern damit sie eventuelle Fragen der Kunden beantworten können", ergänzt er, als er ihr Staunen bemerkt.

Er ist tüchtig und fleißig, denkt sie. Er hat selbstständig ein Geschäft eröffnet und sie ist sich sicher, dass er es gut hinbekommen wird. Sie dagegen hat noch gar nichts auf die Reihe bekommen. „Das ist toll, was Sie alles können", erwidert sie und meint es ehrlich aus voller Überzeugung.

Charly ist wieder zurück.

„Wo hast du denn dein Auto", fragt Julia.

„Ich habe mir nur meinen Anhänger geholt. Da setze ich das Engelchen rein und fahre mit ihr zu dem Spielplatz", erwidert er auf ihre Frage. Dann etwas leiser: „Mir ist mein Auto zu auffällig, so geht es auch."

„Wie lange brauchen Sie hier noch?", fragt Charly den Ladenbesitzer.

„Julia könnte jetzt gehen, wenn sie möchte. Ich würde ihr jedoch noch gerne mein Ladengeschäft erklären."

„Schön. Ich denke, wir machen das so. Wer weiß, wann es wieder so gut passen wird." Er fasst Angelinas winzige Hand und hilft ihr, von dem Roller zu steigen, mit dem sie gerade gefahren ist. „Hättest du Lust, mit mir zu einem Spielplatz zu fahren?", fragt er sie.

Die sieht ihn mit großen Augen an. Das Wort ‚Spielplatz' hat für sie keine Bedeutung. Sie geht mit ihm, weil sie ihn kennt und vertraut. Damit hat sie in Charlys Welt eine ganz

82

besondere Rolle inne - dass ihm jemand vertraut, ist schon ein Sonderfall.

„Wir fahren dann!", ruft er und winkt Julia zu.

„Ich weiß, wo das ist, ich kann Ihnen das erklären", erklärt ihr Tobias, als er bemerkt, wie sie mit krauser Stirn Charlys E-Bike hinterher sieht.

„Danke, das ist nett von Ihnen", erwidert sie und schenkt ihm ein bezauberndes Lächeln.

Charly führt Angelina zu seinem Fahrrad hinaus und zeigt ihr, wo sie sich in dem Hänger am besten festhalten kann. Dann fährt er los. „Es ist nur ein kurzes Stück!", ruft er ihr zu. Immer wieder blickt er sich um und überprüft, ob sie gut sitzt und sich festhält. Das Mädchen ist ängstlich und hält sich krampfhaft fest, aber nach ein paar Minuten merkt sie, dass in dem Wagen nichts Schlimmes passiert und sie genießt die Fahrt. Heute hat sie viele Dinge kennengelernt, dabei ist der Tag noch nicht zu Ende.

Der Spielplatz an der Poststraße ist nur klein, er hat immerhin eine kleine Sandkiste, eine Rutsche, eine Wippe und eine Schaukel. Angelina ist begeistert.

Tobias erklärt seiner neuen Mitarbeiterin den Ablauf im Verkaufsraum. „Mir ist wichtig, dass sich jeder Kunde wohlfühlt. Begrüßen Sie bitte jeden und fragen ihn, was ihn hierher führt. Will der Kunde ein Fahrrad kaufen, führen Sie ihn hier herum. Geht es um Preise oder um eine Reparatur, bitten sie ihn zu warten, bis ich aus der Werkstatt komme. Wir haben hier einen Kaffeekocher, Sie könnten den Kunden einen Kaffee anbieten. Soll ich Ihnen zeigen, wie Sie die Kaffeemaschine bedienen müssen?"

Julia schüttelt den Kopf. „Danke, das bekomme ich ohne weitere Erklärung hin. Sie müssen mir nur zeigen, wo der Kaffee steht, sowie der Zucker und Milch, falls das gewünscht wird.

„Wo die Tassen und die Löffel sind, wollen Sie nicht wissen?" Er lächelt sie spitzbübisch an.

„Äh, doch, natürlich. Daran habe ich gerade nicht gedacht." Sie erwidert sein Lächeln.

„Sagen Sie mal – sollten wir uns nicht duzen? Diese Siezerei geht mir auf den Nerv", schlägt er vor.

„Ja, ich bin dafür. Ich heiße Julia oder auch Julchen." Sie streckt ihm ihre Hand hin.

Er ergreift sie. „Tobias, wir werden uns bestimmt gut verstehen."

Er ergreift sie, zieht sie dicht an sich heran und blickt ihr tief in die Augen. „Du bist ein verdammt hübsches Mädchen, Julia."

„Das ist nett, dass du das sagst, Tobias." Sie schließt die Augen und legt ihre Arme um ihn.

Er lacht. „So gefällt mir das. Was wird dein Freund dazu sagen?"

„Darüber musst du dir keine Gedanken machen. Er ist nicht mein Freund, sondern lediglich ein entfernter Verwandter." Sie weiß selbst nicht genau, was sie für Charly empfindet. Sie fühlt sich nur wohl in seiner Nähe. „Wenn wir hier durch sind, würde ich gerne losfahren, ich will meinen Bekannten nicht warten lassen. Wann soll ich wiederkommen?"

„Ich denke, du kommst, wenn es dir passt. Später, wenn mehr Kunden hierherkommen, müssen wir entweder feste Arbeitszeiten ausmachen oder ich rufe dich an, wenn ich deine Hilfe brauche."

„Das gefällt mir gut. Kannst du mir kurz den Weg zum Spielplatz beschreiben?"

***

Charly hat Angelina auf die Schaukel gesetzt und gibt ihr vorsichtig Schwung. „Halte dich gut fest, mein Schatz. Ich werde nur ganz sacht anschieben."

Angelina lacht, als sich die Schaukel hin und her bewegt. Ganz fest klammert sie ihre Hände um die beiden Seile und versucht schließlich selbst, sich Schwung zu geben.

Charly genießt die Freude des kleinen Mädchens. Sie ist so ehrlich, nichts ist gekünstelt.

„Huhu! Da bin ich!" Von beiden unbemerkt, ist Julia dazu gekommen.

„Das ist schön, dass du da bist." Charly nimmt sich zurück und überlässt es der Mutter, ihre Tochter anzustoßen. „Wie ist es gelaufen? Könnte dir die Tätigkeit im Fahrradladen gefallen?"

„Ja, aber ob ich für den Job geeignet bin, wird sich erst zeigen, wenn ich tatsächlich mit den Kunden zu tun habe."

„Du machst das schon. Ich bin sicher, dass du das kannst. Wenn man freundlich ist, hat man schon gewonnen."

„Danke, das baut mich echt auf."

***

Zwei Tage später ist es wieder soweit. Charly fährt mit Julia und Angelina nach Krautsand. Die Kleine freut sich, als ihre Mutter es ihr erzählt.

Es dauert eine knappe halbe Stunde, nicht gerechnet die Zeit, die sie für das Einkaufen benötigen. Sie kaufen Sonnenschutzmittel für die Kleine, weil sie sich vorgestern einen leichten Sonnenbrand zugezogen hat. Für alle noch eine Schachtel mit Keksen, damit sie nachher etwas zum Knabbern haben, sowie eine Flasche Saft.

Der Strand verzaubert sie so, wie bei ihrem letzten Besuch. Die Sonne spiegelt sich in den Wellen, es weht ein leichter Wind.

Trotz der friedlichen Atmosphäre ist Charly misstrauisch. Blickt dieser Mann dort nicht zu ihm herüber? Und dort telefoniert jemand mit dem Handy - ruft er die Polizei, weil er Charly erkannt hat? Es gibt bestimmt inzwischen Fahndungsfotos oder vielleicht einen Aufruf in der Zeitung - nein, niemand interessiert sich für ihn und seine „Familie". Julchen und Angelina sind die perfekte Tarnung für ihn.

Während Julia und Charly die Decke ausbreiten, läuft die Kleine zum Wasser hinunter.

„Sei vorsichtig!", ruft ihr Julia hinterher und lässt sie auch danach nicht aus den Augen. Sie sieht sich aufmerksam um. „Von Claudia und Steffi ist noch nichts zu sehen", bemerkt sie.

„Vielleicht kommen sie heute später", sucht Charly nach einer Erklärung.

Tatsächlich, eine halbe Stunde später kommen die beiden Damen an den Strand. Jede trägt einen Klappstuhl, Steffi hat noch eine große Tasche dabei. Sie bauen ihre Stühle direkt neben Charly und Julia auf. „Ich hoffe, wir fallen euch nicht lästig?", fragt Claudia.

„Aber nein, auf keinen Fall! Wir waren doch verabredet. So haben wir Gesellschaft und weitere vier Augen, die unsere Kleine beobachten. So wird ihr nichts passieren."

Am Strand geht ein junger Mann entlang. Er steuert einen Lenkdrachen mit langen Leinen vor dem blauen Himmel entlang. Angelina sieht begeistert zu ihm hin. „Kannst du das auch?", fragt sie Charly.

„Ich glaube schon. Ich müsste mir auf jeden Fall erst einen Drachen kaufen. Bis dahin werden wir diesem hier zusehen. Komm mit, wir gehen zum Wasser hinunter."

Angelina läuft mit munteren Sprüngen voraus, immer mit den Augen am Himmel, vor dem der bunte Drachen die tollsten Kapriolen vollführt.

Der Mann freut sich an den glänzenden Augen des kleinen Mädchens und dreht immer wildere Kreise mit dem Vogel aus Stoff. Doch jetzt hat er übertrieben, der Drachen stürzt zur Elbe hinunter und lässt sich nicht mehr korrigieren. Das bunte Fluggerät taucht in das Wasser der Elbe ein.

Angelina blickt betroffen zu der Absturzstelle. „Ist er jetzt kaputt?", fragt sie.

„Nein, der ist nur nass. So leicht geht der nicht entzwei." Der junge Mann läuft zum Wasser, es ist dort etwa knietief, und fischt seinen Drachen heraus. „Siehst du – es ist alles heil geblieben!"

Angelina ist erleichtert, jetzt lacht sie wieder.

Der junge Mann wendet sich an Charly. „Kannst du meinen Drachen halten, damit ich ihn wieder starten kann?"

Charly nickt. „Klar, warum nicht?"

„Ich laufe gleich los, sobald die Leinen stramm sind, musst du ihn in die Höhe stoßen." Er blickt die Elbe stromaufwärts,

Richtung Hamburg. „Der Wind kommt noch aus Osten, bleib' du hier stehen, ich laufe jetzt los."

„Jetzt!", ruft er Charly zu, als die Seile gespannt sind, Charly stößt den Drachen nach oben. Der steigt sofort in die Höhe, schlägt noch ein paar Kapriolen, dann hat ihn sein Besitzer im Griff. Gleichmäßig zieht er seine Kurven am Himmel.

Angelina hat jede Bewegung genossen, sie blickt mit leuchtenden Augen zum blauen Firmament.

Das Unheil nimmt seinen Lauf

Es ist Nachmittag, Charly hat für Julia und für sich ein Fischbrötchen geholt, Angelina erhält ein Stück Kuchen. „Es ist zwar nicht das perfekte Essen, aber für heute muss es genügen", erklärt er seine Wahl.

Der Motorradfahrer erscheint am Strand. Er trägt eine Decke und eine Tasche, den Helm hat er noch auf dem Kopf. Er findet einen Platz in der Nähe von Julia und Charly.

Der mustert den Neuankömmling mit Skepsis. Er hat den Eindruck, als wenn der junge Mann Julias Nähe sucht. Dafür kann es mehrere Gründe geben. Zuerst das Übliche: Julia flachlegen. Kann natürlich auch sein, dass er auf sie angesetzt wurde, um an ihn heranzukommen. Während er und Julia mit der Kleinen in friedlicher Idylle leben, fern von allem Bösen, drehen sich im Hintergrund vielleicht schon alle Räder von Polizei und Kiez, um seiner habhaft zu werden. Wenn ja, von wem? Victor? Polizei? Er wirft immer wieder einen Blick zu dem Kerl, er wartet gespannt, was dieser als nächstes tun wird.

Angelina steht neben den Schwestern Claudia und Stefanie. Die haben ein Kinderbuch mitgebracht, aus dem sie der Kleinen vorlesen.

„Ich werde mal zum Campingplatz gehen. Mal sehen, wie es dort aussieht, vielleicht kann ich meinen Wohnwagen dort abstellen", wendet sich Charly an Julia.

„Wolltest du dafür nicht den Wohnmobil Stellplatz benutzen?", wundert sie sich.

„Na ja. Es ist eben ein Wohnmobilstellplatz, da gehört ein Caravan eigentlich nicht hin, das wird nicht gern gesehen. Die Wohnwagen besetzen die Wohnmobilplätze zu lange. Vielleicht kann ich auf dem Campingplatz meinen Pickup auch unauffälliger parken."

„Das könnte sein. Viel Erfolg." Sie dreht sich so, dass sie die Schwestern und ihre Tochter beobachten kann. Die hängen mit den Augen an Angelina und nehmen alles, was die Kleine sagt oder tut, mit Entzücken in sich auf.

Der Campingplatz erstreckt sich direkt hinter dem Deich. Das gute, warme Sommerwetter hat dafür gesorgt, dass beinahe alle Stellplätze besetzt sind. Es gibt ein Sanitärgebäude und eine Entsorgung für Abwasser und die Toilette, immerhin, das ist recht komfortabel. An dem Gebäude sind die Preise ausgehängt. Danach kostet ein Wohnwagen mit 2 Personen 36 Euro pro Nacht. Ein Kind kostet 4 Euro extra, dazu noch Strom. Dann ist er mit über 40 Euro pro Nacht dabei. Nicht gerade ein Schnäppchen, Charly zieht die Stirn kraus. Er kennt sich inzwischen in der Welt der Camper recht gut aus und weiß, was teuer ist und was nicht. Im Moment nagt er nicht gerade am Hungertuch, aber es ist besser, das Geld zusammenzuhalten, wer weiß, wie lange er damit auskommen muss. Auf dem Campingplatz ist er mit seiner „Familie" für alle gut zu sehen, das ist nicht günstig. Vielleicht ist es unauffälliger - und preiswerter - ab und zu mit dem Auto hierherzukommen. Er wird sich das durch den Kopf gehen lassen.

Charly überquert den Deich und geht zum Strand zurück, wo sich Julia und das Engelchen aufhalten. Der Motorradfahrer liegt neben Julia auf der Decke, sie unterhalten sich. Wo ist Angelina? Er blickt sich um und sieht sie mit den beiden Schwestern unten am Wasser. Die haben ihre helle Freude an dem quirligen Kind.

„Hallo!", begrüßt er Julia und den Motorradfahrer, mit Absicht etwas unfreundlich. Mit „Sie liegen auf meinem Platz!", vertreibt er den jungen Mann.

„Ist ja gut, keine Aufregung, ich geh ja schon." Er steht auf und geht zu seiner Decke zurück. Dort sammelt er seine Sachen ein und verlässt den Strand.

„Musstest du ihn jetzt vergraulen?", fragt Julia. „Er hat mir doch gar nichts getan."

„Nein, das nicht. Mein Eindruck war, dass er dir bloß auf die Titten glotzen wollte."

Julia blickt an sich herunter, der Bikini verdeckt nicht besonders viel. „Meinst du?", erwidert sie skeptisch.

„Ja, meine ich. Halt' dich von diesen Burschen fern, sie wollen dir bloß an die Wäsche."

„Ich pass schon auf mich auf", erwidert sie patzig.

„Den Eindruck habe ich nicht. Wann hättest du ihn denn zurückgewiesen? Nächste Woche? Ich kenne solche Typen besser als mir lieb ist und ich dachte, dass du die Kerle noch besser kennst."

„Es gibt auch nette Jungs. Der hier zum Beispiel..."

Weiter kommt sie nicht. „Was ist mit dem hier?", braust er auf. „Du kennst doch gar keine Männer, die nicht im Milieu zu Hause sind. Mal abgesehen von dem Versuch, dich anzu-baggern, ist es in unserer Situation nicht so supergünstig, sich mit fremden Typen anzufreunden, meinst du nicht?"

Sie blickt nachdenklich auf die Decke und dreht ihre Haare mit zwei Fingern zu Kringeln. „Du hast wahrscheinlich recht. Ich werde in Zukunft besser achtgeben."

„Sehr schön. Worüber habt ihr denn gesprochen?"

„Ach, nur so belangloses Zeug. Er wollte unter anderem wissen, wie wir uns kennengelernt haben."

Charly fällt aus allen Wolken. „Er wollte WAS?"

„Warum nicht? Das ist doch eine ganz harmlose Frage", er-widert sie, verblüfft über seine Reaktion.

„Harmlos! Ich fasse es nicht. Gerade in unserem Fall könnte so eine harmlose Frage und deren Beantwortung brandgefähr-lich sein."

„Wieso das denn?"

„Was genau hast du ihm denn gesagt?"

„Ich, äh. Ich habe ihm gesagt, dass du mein Leben gerettet hast."

Charly wird ganz blass und lässt sich auf die Decke sinken. „Bitte? Du hast doch hoffentlich keine Details erwähnt?"

„Nein. Ja. Ich habe erzählt, dass es eine große Schießerei gegeben hat. Wenn du mich da nicht herausgeholt hättest, wäre ich vermutlich tot."

Charly schüttelt entsetzt den Kopf. „Mann, Mann, Mann. Wir haben doch lang und breit darüber gesprochen, dass wir uns bedeckt halten müssen und nichts von uns preisgeben dür-fen! Hast du vergessen, dass die Polizei und der König vom Kiez hinter mir her sind? Du hast doch hoffentlich keine Na-men oder Orte genannt? Meinen Namen zum Beispiel soll nie-mand erfahren." Hinter dir sind sie vielleicht auch her, weil du

Zeuge der Schießerei warst. Und die Kleine? Willst du sie in Gefahr bringen?"

Das hat gesessen. „Angelina? Aber - sie hat doch gar nichts damit zu tun!"

„Meinst du, das spielt für die eine Rolle? Du hast doch gesehen, dass die Kerle auf alles draufgehalten haben, was sich bewegt hat!"

Julia blickt sich um. „Nicht so laut! Die Leute werden schon aufmerksam!"

Charly atmet tief ein und versucht sich zu beruhigen. „Okay, okay. Du hast doch keine Namen oder Orte genannt. Meinen Namen zum Beispiel."

„Nein, ich bin ja nicht bescheuert."

Charly rollt mit den Augen. „Nicht?"

„Ich habe nur gesagt, dass es an der Elbchaussee war."

„Warum denn nur? Bist du noch ganz richtig im Kopf? Wolltest du dich mit der Geschichte wichtig machen? Mit der Information kann er alles ruck – zuck rekonstruieren. Mit Leichtigkeit."

„Warum sollte er das tun? Er wohnt in Drochtersen, was interessiert ihn dieser Fall?"

„Er sagt, dass er in Drochtersen wohnt, du Schaf. Das stimmt nur vielleicht. Ich habe gedacht, dass du nach dieser Schießerei begriffen hat, wie gefährlich die Leute sind. Ich muss herausfinden, wo genau er wohnt und ob er Kontakte nach Hamburg hat. Sprich bitte in Zukunft mit niemandem über die Sache in Hamburg, ja?"

„Entschuldige bitte. Ich habe nur so drauflos geplappert." „Wirklich Julchen, hier geht es um Leben und Tod. Unser Leben und unser Tod. Das verstehst du doch, oder?"

„Klar, ich pass in Zukunft auf." Auf Charlys skeptischen Blick hin ergänzt sie leise: „Versprochen!"

Claudia und Stefanie kommen mit Angelina zurück vom Wasser. „Die Kleine wird frieren, wenn sie noch länger im Wasser bleibt." Claudia nimmt sich ein Handtuch und rubbelt das Mädchen trocken. Stefanie blickt Charly und Julia an. „Ist was passiert? Ihr seid so still…"

„Kennen Sie den Motorradfahrer, der bis eben hier neben uns gelegen hat?", fragt Charly die beiden Damen.

„Dieser ungepflegte Kerl?", erwidert Steffi. „Der kommt, glaube ich, aus Drochtersen. Sein Motorrad hat ein Stader Kennzeichen."

Julia wirft Charly einen triumphierenden Blick zu. 'Siehste, der Typ wohnt wirklich in Drochtersen', scheint sie sagen zu wollen.

Charly rollt mit den Augen. „Danke", erwidert er. Der Typ könnte tatsächlich harmlos sein. Könnte. Aus irgendeinem Grund klingeln Alarmglocken leise in seinem Kopf. „Wissen Sie, wie er heißt?", setzt er seine Fragen fort.

„Nein. Er hat sich uns noch nicht vorgestellt. So alte Schachteln wie uns hat der nicht auf dem Zettel", entgegnet Claudia, der Mann scheint ihr nicht besonders sympathisch zu sein.

Charly gibt erst einmal Ruhe. Er will versuchen, mehr über diesen Mann zu erfahren. Seine Ahnungen haben ihn noch nie getäuscht.

„Habe ich euch schon erzählt, dass ich einen Job habe?", wechselt Julia das Thema.

Die Schwestern machen große Augen. „Nein, noch nicht. Erzähl doch mal!"

Julia berichtet von ihrer Vorstellung bei dem Fahrradhändler. „Ich glaube, es könnte mir da gefallen."

„Das freut uns für dich. Wann soll es denn losgehen?"

„Das hängt von mir ab, ich kann kommen, wann ich möchte. Es hängt zum Teil mit der Aufsicht für Angelina zusammen. Wir müssen sie irgendwie in der Zeit versorgen. Vielleicht melde ich sie beim Kindergarten an. Früher oder später muss ich das sowieso tun."

Die Schwestern blicken sich an, dann nicken sie. Sie sind wie so oft der gleichen Meinung. Steffi beginnt: „Du könntest sie auch zu uns bringen. Wir würden uns freuen, auf sie achtgeben zu dürfen."

Claudia nickt dazu. „Wir könnten es heute schon mal ausprobieren, vielleicht muss sie sich an uns gewöhnen."

Angelina blickt von einem zum anderen. Sie merkt, dass es um sie geht. „Was soll ich?", fragt sie leise.

„Was hältst du davon, wenn du mal bei Claudia und Stefanie übernachten würdest?", fragt Julia ihre Tochter.

Die sieht sie mit großen Augen an, dann blickt sie zu den Schwestern hoch. „Ja!", ruft sie, „Das wäre toll!" Dann: „Und wo bist du dann?"

„In dem Laden, wo wir die Fahrräder gekauft haben, weißt du noch? Da will ich dem Mann helfen. Danach hole ich dich sofort wieder ab."

Claudias und Stefanies Augen leuchten. „Dann haben wir fast so etwas wie ein eigenes Kind, das uns versagt geblieben ist", freut sich Stefanie.

„Du bekommst bei uns das zu essen, was du möchtest. Heute Abend gibt es einen Kakao, wenn du magst", sagt Claudia zu der Kleinen und setzt damit noch einen drauf.

„Jaaa!" Angelina hüpft vor Freude umher und wirbelt mit ihren dünnen Ärmchen. Die Kleine ist in ihrem kurzen Leben nicht verwöhnt worden, deshalb freut sie sich über alles, was sie bekommt. „Wann geht es denn los?", fragt sie Stefanie, die Ältere der beiden.

„Uns hat sie gar nicht mehr auf dem Zettel", sagt Julia im Scherz zu Charly.

„Warte nur ab", sagt Stefanie zu Julia. „Wenn sie erst merkt, dass sie weggehen, dann könnte es noch Trauer geben, vor allem beim Schlafengehen, das ist bei allen Kindern so. Wir müssen es ausprobieren."

Sie packen ihre Siebensachen. Charly trägt ihren Anteil zu seinem Pickup auf dem Parkplatz.

„Wir warten einen Moment, dann gehen wir zusammen zu unserem Haus", ruft Claudia zu Charly.

Die beiden Schwestern wohnen in einem hübschen Einfamilienhaus aus roten Ziegeln in der Krautsander Hafenstraße, mit einem Satteldach, das mit schwarzen Betondachsteinen gedeckt ist. Der Garten ist ein Traum, ganz anders als das Grundstück, auf dem sie vorübergehend wohnen. Man kann sehen, dass hier Menschen mit Hingabe im Garten arbeiten. Stauden und Büsche blühen und es gibt auch ein Gemüsebeet. Julia nimmt sich vor, die nächsten Tage etwas Zeit im Garten ihrer Unterkunft zu verbringen. Sie versteht zwar nichts davon, aber das Unkraut muss entfernt werden, das wird sie wohl hinkriegen.

„Kommt doch rein, wir möchten euch gerne unser Zuhause vorstellen", fordert Stefanie sie auf, einzutreten.

Das Haus ist nicht sehr groß, aber mehr als ausreichend für zwei alte Damen. Die Einrichtung ist entzückend, genauso, wie man es bei den Schwestern erwarten würde. Auf der Couch im Wohnzimmer liegen bestrickte Kissen, überall ist viel Stickerei zu finden.

„Das ist ein Hobby von uns beiden", erklärt Claudia. „Wir sticken in jeder freien Minute."

„Es gibt ein Kinderzimmer, in dem ich früher mit meiner Schwester gewohnt habe. Dort könnte die Kleine schlafen", bemerkt Stefanie. „Willst du dein Bettchen mal sehen?", fragt sie Angelina und beugt sich zu ihr hinunter.

„Jaa!" Die Kleine ist hellauf begeistert. Das ist gut, dann wird ihr die Trennung von Julia und Charly leichter fallen.

„Das scheint erst einmal geklärt zu sein", vermutet Stefanie. „Ich denke, ihr solltet euch jetzt verabschieden. Können wir euch irgendwie erreichen?"

„Ja, ich habe ein Handy", sagt Julia und gibt ihre Telefonnummer weiter. „Darunter könnt ihr mich immer erreichen." Für alle Fälle tippt sie die Telefonnummer von Stefanie in ihr Handy ein.

„Wie machen wir das morgen?", fragt Charly.

„Wir sind eigentlich immer hier, kommt, wann immer es euch passt", erwidert Stefanie.

„Ja, das ist schön. Dann gehen wir morgen wieder an den Strand", freut sich Julia.

Sie verabschieden sich beide von Angelina, die offenbar erst jetzt bemerkt, dass sie zurückgelassen werden soll. Ihr kleines Gesicht spricht Bände. Das mit dem Bett, in dem sie schlafen soll, hat sie vergessen, oder nicht ernst genommen. Oder die Kleine hat angenommen, dass ihre Mutter und Charly auch in diesem fremden Haus schlafen werden. Sie ist eben erst drei Jahre alt, da lebt man von einem Moment in den Anderen.

„Wir können dir unseren Garten zeigen, wenn du möchtest", versucht Claudia sie abzulenken.

Charly und Julia winken Angelina und den beiden Damen zu, dann verlassen sie das Haus. „Mir ist ein bisschen unwohl", äußert sich Julia. „Wie es Angelina wohl geht, wenn sie alleine ist?"

„Das mit der Kleinen wird schon. Du kannst nachher anrufen und dich erkundigen. Wir müssen uns wahrscheinlich eher Sorgen machen, ob deine Kleine von den beiden nicht zu sehr verwöhnt wird", gibt Charly zu bedenken.

„Das ist wahr – trotzdem, sie fehlt mir jetzt schon, obwohl ich mich erst vor wenigen Minuten von ihr getrennt habe."

***

Am späten Vormittag sind Charly und Julia mit dem Pickup unterwegs nach Krautsand. Die Sonne scheint, es ist warm. Charly hat beide Fenster heruntergefahren, damit Luft in den Innenraum strömt.

Charly hat sein E-Bike auf der Ladefläche festgebunden. Er hat sich vorgenommen, den Motorradfahrer ausfindig zu machen. Das ist mit dem Fahrrad unauffälliger zu bewerkstelligen, als mit seinem auffälligen Pickup. Unauffällig, aber erheblich schneller, als wenn er es zu Fuß versuchen würde. Das E-Bike ist so schnell wie ein Moped. Wenn er noch zusätzlich etwas Muskelkraft aufwendet, fährt ihm so leicht niemand davon.

Sie erreichen die kleine Ortschaft Krautsand. Sie heißt so, wie die Insel, auf der sie sich befindet.

Angelina kommt ihnen nach dem Klingeln schon an der Tür entgegen. „Hallo, Julia!", ruft sie und streckt ihre Ärmchen nach oben.

Die ergreift sie, hebt die Kleine hoch und küsst sie auf die zarte Kinderwange. „Guten Tag, mein Schatz. Wie hat es dir gefallen?"

„Es war prima", ruft die Kleine aufgeregt. „Claudia und Steffie haben mir gezeigt, wie man »Mensch-ärgere-dich-nicht« spielt. Ich habe fast immer gewonnen!"

„Wir haben sie absichtlich gewinnen lassen", erklärt Stefanie leise. „Sie ist so entzückend, wenn sie sich über ein gewonnenes Spiel freut."

„Das kann ich mir vorstellen", sagt Julia. „Ihr habt sie mir doch nicht zu sehr verwöhnt?", fragt sie mit einem Lächeln.

„Wo denkst du hin? Nur ein ganz klein wenig. Wer kann ihr schon etwas abschlagen?"

„Julia bückt sich zu ihrer Tochter hinunter. „Warst du schon am Wasser?"

„Ja!", ruft sie aufgeregt, „Schon heute Morgen. Claudia hat mir die Schiffe auf der Elbe gezeigt. Ein Kormoran war auch dabei."

Alle lachen. „Das Schiff heißt Katamaran", korrigiert sie Claudia. „Ja, heute Morgen gab es eine Menge zu sehen."

„Dann los, meine Kleine", fordert Julia sie auf. „Wir werden heute wieder einen schönen Tag haben." Sie dreht sich noch einmal zu den beiden alten Damen herum. „Ich danke euch für das Aufpassen, ihr seid sehr lieb." Sie umarmt beide.

Charly verabschiedet sich von der Gruppe, er erklärt vage, dass er Besorgungen machen muss. Er hebt sein E-Bike von der Ladefläche des Pickups und radelt los. Leise summend gibt der starke Motor kräftige Hilfe.

Sein erstes Ziel ist Drochtersen, vielleicht kann er dort etwas über den ominösen Harley-Fahrer herausfinden. Die Fahrt ist angenehm, auf einem separaten Radweg fährt er neben einer Landstraße, die kaum von Fahrzeugen frequentiert wird. Am Obstmarschenweg angekommen, biegt er in Richtung Drochtersen ab. Zuerst erreicht er Nindorf, darauf folgt Drochtersen. Doch da – er sieht die blauen Reklamefarben einer Tankstelle.

Wer ein Motorrad fährt, muss auch tanken. An so ein auffälliges Motorrad wird man sich leicht erinnern. Er fährt vor den Eingang und stellt sein Fahrrad ab.

„Guten Tag!", grüßt er, als er den Verkaufsraum betritt.

Hinter dem Tresen steht ein junges Mädchen, etwa Anfang Zwanzig. In einem ihrer Nasenlöcher ist ein silberner Ring befestigt, die Ohrläppchen sind mehrfach gepierct und mit viel Schmuck behängt. Die Haare sind kurz und feuerrot gefärbt.

„Ich wollte mir hier im Ort ein Motorrad kaufen, eine Harley-Davidson. Ich habe leider die Adresse des Verkäufers verlegt. Kennen Sie hier jemanden, der so ein Fahrzeug fährt?"

Das Mädchen sieht ihn mit großen Augen an. „Wie sieht denn der Fahrer aus?"

Das kann Charly leicht beantworten. „Er ist etwa so alt wie ich, ein wenig kleiner und hat lange, schwarze Haare, die ihm bis auf die Schulter reichen."

„Ach." Er kann auf ihrer Stirn buchstäblich ein Fragezeichen erkennen. „Also, ich weiß nicht," sagt sie gedehnt, „Vielleicht tankt er hier auch gar nicht."

Charly beginnt, unruhig zu werden, Geduld ist nicht gerade seine Stärke und das Mädchen ist so langsam!

Doch mit einem Mal erhellt sich ihr Gesicht. Sie zeigt nach draußen. „Fragen Sie doch den mal, der wohnt hier."

Draußen steht ein sehr alter, aber gepflegter Ford Capri vor der Luftdruckstation. Ein Mann hockt vor einem Rad und kontrolliert offenbar den Luftdruck seiner Reifen.

„Danke!" Das war mehr, als sie verdient hat. Charly eilt nach draußen.

„Was haben Sie denn da für ein Schätzchen?", wendet er sich an den Besitzer des Oldtimers.

Der strahlt Charly an. „Ja, mein Capri ist fast 50 Jahre alt. Seit einigen Jahren habe ich allerdings Mühe, Ersatzteile zu bekommen, davon abgesehen schnurrt er wie ein Kätzchen."

„Ja, der Wagen ist wunderschön, wie aus dem Laden."

„Na, das gerade nicht, aber ich gebe mein Bestes"

„Sie können mir vielleicht weiterhelfen. Die junge Frau" er deutet mit dem Daumen auf den Verkaufsraum, „meinte, dass Sie hier im Ort wohnen. Ich suche den Besitzer einer Harley-Davidson, der hier in der Gegend wohnen sollte. Ich wollte ihm die Maschine abkaufen, ich habe nur leider die Adresse verlegt."

Der Mann - er ist Anfang fünfzig, hat einen Bauchansatz und etwas Grau im ansonsten schwarzen Haar – kratzt sich am Kopf. „Ja, es gibt da jemanden, der so ein Ding fährt. Einen Moment, ich habe es gleich." Er stellt den Luftdruckmesser zurück, der sich zischend auffüllt und richtet sich auf. „Jetzt fällt es mir ein! Der Fahrer heißt Marcel... den Nachnamen weiß ich nicht mehr - irgendwas mit O...Obermaat...nein – Obermann und wohnt in der Ahornstraße. Genau! Die Nummer weiß ich nicht, irgendwie 29 oder 31, so in dem Dreh. Wir haben uns ein oder zweimal zufällig getroffen und haben geklönt, irgendwann hat er gesagt, wo er wohnt."

„Danke, so werde ich ihn finden. Können Sie mir einen Tipp geben, wie ich zu dieser Straße komme?"

„Das ist einfach. Sie müssen in den Ort hineinfahren, etwa in der Mitte ist eine scharfe S-Kurve. Direkt dahinter geht links eine Straße ab, die heißt »Am Hochsteige«, dort müssen sie abbiegen und ein Stück hineinfahren. Einer der Straßen, die links abzweigen, ist die Ahornstraße."

„Haben Sie vielen Dank!" Charly winkt ihm zu und steigt auf sein Fahrrad.

Die Ahornstraße findet er ohne Probleme. Langsam fährt er sie entlang und hofft, einen Hinweis für das Haus oder die Wohnung von diesem Marcel Obermann zu finden. Fast am Ende der Straße steht ein kleines Einfamilienhaus. An der Parkfläche vor dem Haus ist ein Schild angebracht: »*Parking for Harley Davidson only*« steht dort in weißer Schrift auf schwarzem Grund. Na bitte, hier muss es sein. Er hält an und sieht sich das Haus und das Grundstück näher an. Das Gebäude dürfte aus den 50er Jahren stammen, es ist rot verklinkert und mit ebenso roten Dachziegeln versehen. Ein kleiner Schuppen lehnt sich an das Haus, der wahrscheinlich als Unterstand für das Motorrad dient. Das kleine Grundstück wirkt trostlos und ungepflegt, Marcel Obermann ist danach kein passionierter Gärtner und hat auch niemanden, der diese Arbeit für ihn verrichtet. Er lebt also allein.

„Kann ich Ihnen helfen?", erklingt eine Stimme vom Nachbargrundstück. Eine ältere Dame steht hinter dem Zaun und blickt zu ihm herüber. Sie trägt ein geblümtes Hauskleid, graue Haare sind fast vollständig von einem Kopftuch bedeckt, das hinten verknotet ist.

„Ja, vielleicht können Sie das. Wissen Sie, ob hier ein Herr Obermann wohnt? Marcel Obermann?"

„Was wollen Sie denn von ihm?" Schwarze Augen mustern ihn skeptisch. Die Frau hat allen Grund dazu, Charly wirkt wie ein Bote aus dem Jenseits. Sein Bemühen, freundlich zu wirken, verfängt bei der Nachbarin nicht.

„Ich habe von seinem Motorrad gehört und wollte fragen, ob ich es käuflich erwerben kann."

„Also ich weiß nicht. Herr Obermann hängt sehr an seinem Motorrad, ich kann mir nicht vorstellen, dass er es verkaufen wird."

„Meinen Sie?"

„Allerdings. Obwohl - die Nachbarn würden froh sein, wenn das laute Ding hier endlich verschwindet. Und erst die vielen Freunde, die ihn mitunter mit ihren Motorrädern besuchen, es ist nicht zum Aushalten."

„Ich werde ihn auf jeden Fall fragen."

„Ja, machen Sie das."

Dieser Obermann ist bei seinen Nachbarn offenbar nicht beliebt.

„Wohnt er denn schon lange hier?", fragt Charly, der mehr über den Hintergrund dieses Mannes wissen möchte.

„Lange? Warten Sie - er ist vor etwa fünf Jahren hierher gezogen. Wäre er man bloß an der Reeperbahn wohnen geblieben, dann hätten wir hier nicht das ewige Theater mit diesem lauten Motorrad!"

Reeperbahn! In Charlys Gehirn läuten mehrere Alarmglocken. Sein Bauchgefühl hat ihn nicht im Stich gelassen. Er wittert Leute vom Kiez zehn Meilen gegen den Wind. Dieser Kontakt mit seinem früheren Leben kommt plötzlich und ungewollt. Charly hat, seit er mit Julia und ihrer Tochter in Familie macht, das Leben auf dem Kiez mit all seinem Dreck und Elend total - nein, vergessen hat er es nicht, aber es war irgendwie eine parallele Welt, mit der er nichts mehr zu tun haben wollte. War klar, dass das nicht klappen würde. Er sieht sich bereits für Victor die Drecksarbeit machen, immer auf der Hut vor der Polizei. Ein Leben, das er glaubte, hinter sich gelassen zu haben. Wenn dieser Obermann die Informationen, die er Julia entlockt hat, auf dem Kiez weitergeben sollte, oder dies schon geschehen ist, wäre sein ganzes, schönes neues Leben Geschichte. Victor würde die Sache niemals auf sich beruhen lassen. Scheiße, Scheiße, Scheiße! Er könnte Julia im Nachhinein noch den Hintern versohlen, weil sie einem wildfremden Kerl alles Mögliche preisgegeben hat, als plaudere sie mit einer lieben Tante. Was bleibt ihm übrig? Das Leben mit Julia und ihrer Tochter hat eine so wohltuende Wirkung auf ihn gehabt, dass er, er muss es zugeben, nicht mehr darauf verzichten will. Er fühlt sich, als wäre er ein ganz normaler, solider Bürger. Er hat es sich in dieser Vorstellung gemütlich gemacht. Wie naiv von ihm! Nun wird alles den Bach runter gehen. Das kann und will er nicht zulassen!

„Er hat mal auf der Reeperbahn gewohnt?", hakt Charly nach.

„Ja, irgendwo auf dem Kiez." Die alte Dame blickt sich nach beiden Seiten um und senkt ihre Stimme. „Man erzählt sich, dass seine Schwester dort anschaffen geht."

Charly gibt sich erstaunt. „Nein! Wirklich? Sie meinen, sie ist eine Prostituierte?"

„Nicht so laut! Ja, das meine ich. Das passt natürlich zu diesem Kerl, das ist genau die Verwandtschaft, die man bei dem erwarten würde."

Mit einem Mal entsteht ein Bild vor Charlys innerem Auge. Eine zierliche Person, mit langen, braunen Haaren. Vanessa Obermann! Er kennt sie, gelegentlich hat er mal ihre Liebesdienste in Anspruch genommen. Wenn sie die Schwester dieses Motorradfahrers ist, dann ist sein Schicksal besiegelt. Er muss unbedingt verhindern, dass dieser Obermann die von Julia ergaunerten Infos an seine Schwester weitergibt. Es wird ihm nichts anderes übrigbleiben, als diesen Obermann mundtot zu machen. Im wahrsten Sinne des Wortes.

„Wann kommt ihr Nachbar denn gewöhnlich nach Hause?"

„Der arbeitet in Bützfleth. Normalerweise trifft er gegen halb fünf hier ein. Mitunter scheint er nach der Arbeit nach

Hamburg zu fahren, dann kommt er entweder spät oder erst am nächsten Tag nach Hause. Wissen Sie, ich weiß das so genau, weil dieses vermaledeite Motorrad so einen Höllenlärm macht. Fünf Minuten, bevor er hier ankommt, kann man sein Motorrad schon hören. Man bekommt jedes Kommen und Gehen mit, ob man will oder nicht."

Für Charly ist der Fall sonnenklar, er sieht sich gezwungen, zu handeln. „Vielen Dank für Ihre Information. Ich werde später wieder vorbeischauen." Er winkt der alten Dame zum Abschied zu, steigt auf sein Fahrrad und fährt in Richtung Krautsand davon.

Als Charly zum Strand kommt, liegt Julia auf der Decke und liest in einer Illustrierten. Angelina und die beiden alten Damen sind am Wassersaum. Sie haben in der Nähe ihre Stühle aufgeklappt und unterhalten sich. Die Kleine ist mit einem Eimer und einer Schaufel bewaffnet und spielt in dem Sand an der Elbe.

„Bist du erfolgreich gewesen?", fragt sie.

„Es hat alles geklappt." Er wird sich hüten, ihr von seinen Plänen zu erzählen. Sie wird auch nicht nachhaken, sie hat schon einige Male festgestellt, dass sie auf Granit beißt, wenn sie versucht, ihm etwas zu entlocken. Außerdem hat der Vorfall mit Obermann gezeigt, dass Julia doch sehr naiv ist. Besser, sie weiß so wenig wie möglich.

Charly geht unauffällig zu dem Gestrüpp, das sich zwischen dem Sand und dem Deich erstreckt. Es wird immer wieder unterbrochen von ein paar Bäumen, Trampelpfade führen hindurch. An einer Stelle ist es sehr geschützt, die Sträucher sind ineinander verfilzt und verhindern jeden Blick auf das kleine Fleckchen, das sich für seinen Plan ganz großartig eignet.

Marcel Obermann ist mit seinem Motorrad zur Reeperbahn gefahren. Er trifft sich mehr oder weniger regelmäßig mit seiner Schwester. Sie sitzen in einem Café in der Hein Hoyer-Straße. Jeder hat einen Teller mit Kuchen und einen Becher Kaffee vor sich, neben dem von Marcel Obermann steht außerdem ein Glas Bier.

„Wie geht es dir, Schwesterchen?", erkundigt er sich fürsorglich.

„Ach weißt du, mir geht mein Job auf den Keks, ich weiß nur nicht, wie ich da herauskommen kann. Mein Zuhälter nervt mich ständig, weil er glaubt, dass ich ihm nicht alle meine Einnahmen überlasse."

„Und? Behältst du was zurück?"

„Natürlich. Jede von uns versucht, mehr oder weniger erfolgreich, etwas beiseite zu legen. Das ist jedoch heikel, man riskiert Schläge. Wenn Charly noch hier wäre, hätte ich ihn gebeten, meinen Luden zurechtzustutzen, aber der hat sich irgendwie in nichts aufgelöst."

„Charly? Sag mal, fuhr der nicht so einen Angeber-Pickup?" Marcel Obermann fallen mit einem Mal verschiedene Dinge ein, die irgendwie zusammenpassen.

„Ja. Seit der Schießerei an der Elbchaussee ist er verschwunden. Sowie ich gehört habe, sucht ihn sogar die Polizei vergeblich."

Marcel nimmt einen langen Schluck von seinem Bier. „Du glaubst nicht, was mir gestern passiert ist…" Er erzählt seiner Schwester von seiner Begegnung mit Julia und ihren interessanten Informationen.

Am nächsten Morgen haben Julia und Charly mit der kleinen Angelina wieder ein fürstliches Frühstück zu sich genommen. Er liebt diese gemeinsamen Zeremonien, er genießt den Frieden, die harmlosen Gespräche mit Julia und das Zusammenspiel mit ihrer Tochter. Er fühlt sich wie im Paradies, bar aller Sorgen und Verpflichtungen. Es kann nicht ewig so weitergehen, er wird es auf jeden Fall so lange wie möglich genießen.

Genau darum muss er jetzt aktiv werden. „Glaubst du, dass du einen Tag ohne mich zubringen kannst?"

„Ja, sicher, warum nicht?"

„Du könntest noch mal zu dem Fahrradladen fahren und versuchen, ob es funktioniert mit dem Arbeiten. Am ersten Tag könntest du bestimmt Angelina mitnehmen. Was meinst du?", schlägt er ihr vor.

„Ich werde es versuchen...", erwidert sie etwas zögerlich. Sie muss ihren gemütlichen Tagesablauf unterbrechen und sich in eine unbekannte Tätigkeit hineinfinden, dadurch fühlt sie sich verunsichert. Es ist eine Sache, in Charlys Schatten ein Leben zu führen - eine andere ist es, allein aktiv zu werden. „Wann kommst du zurück?"

„Keine Ahnung. Es könnte länger dauern, vielleicht erst nach dem Abendbrot." Er steckt, unbemerkt von Julia, sein Messer ein und steigt auf sein E-Bike. Seinen Pickup möchte er nicht benutzen, der ist ihm gerade bei dieser Tätigkeit zu auffällig.

Sein schnelles Rad trägt ihn rasch zu der Elbinsel. Er schiebt es ins Gebüsch, so ist es praktisch nicht mehr zu sehen.

Er sieht sich am Strand um. Der Motorradfahrer ist noch nicht da. Wenn er kommt, das haben die letzten Tage gezeigt, dann selten vor 17:00 Uhr, er wird sich auf eine längere Wartezeit einstellen. Vielleicht kommt der Mann heute gar nicht, dann wird er ein weiteres Mal nach Krautsand fahren müssen. Oder er erledigt es in dessen Wohnung. Da ist allerdings die Gefahr, gesehen zu werden, sehr hoch. Hier am Strand kann er sich besser hinter den Sträuchern verstecken und unbemerkt wieder verschwinden.

Die Zeit vergeht. Gegen 14:00 Uhr holt er sich ein Fischbrötchen an einer der Imbissbuden.

***

Julia trifft mit Angelina im Kindersitz am Fahrradladen ein. Ein Kunde steht mit Tobias Heidmann vor einem Pedelec, es scheint sich um ein Verkaufsgespräch zu handeln. Der Mann, etwa Mitte sechzig, hat verhältnismäßig volles, graues Haar. Er trägt eine Brille mit schwarzem Gestell.

Jetzt gehen die beiden vor die Tür, der potentielle Kunde steigt auf das Rad und verschwindet zu einer Probefahrt.

Tobias dreht sich zu Julia um, die jetzt in der Tür steht. „Das ist schön, dass du kommen konntest. Möchtest du ein wenig in deine künftige Tätigkeit hineinschnuppern?" Er lächelt sie an.

„Ja, ich habe gedacht, ich versuche es mal. Ich kann dir zugucken, wie du mit den Kunden umgehst."

„Sehr gut, wenn dieser zurückkommt, werde ich dich als meine Mitarbeiterin vorstellen, dann kannst du dabeibleiben und zusehen."

Nach wenigen Minuten kommt der Kunde zurück.

„Wie hat es Ihnen gefallen?", erkundigt sich der Händler.

„Eigentlich ganz gut, ich muss mich ein wenig an das Verhalten des Motors gewöhnen. Vor allem daran, dass er kräftig loszieht, sobald ich die Pedale berühre."

„Ja, das ist zuerst ungewohnt. Es hilft etwas, wenn Sie eine kleinere Unterstützungsstufe einstellen. In einer hohen Stufe könnten Sie in so einem Fall unter Umständen die Kontrolle über das Fahrrad verlieren. Das ist aber kein spezielles Problem dieses Fahrrades, das ist ein genereller Punkt bei allen Antrieben, auf den man achten muss." Tobias zeigt auf seine neue Mitarbeiterin. „Das ist Julia König. Sie wird mir in Zukunft im Laden aushelfen."

Der Kunde blickt zu Julia. „Guten Tag, es freut mich, Sie kennenzulernen. Hoffentlich haben Sie Freude an der Arbeit."

„Danke, ich denke schon."

Tobias wendet sich wieder an seinen Kunden. „Haben Sie sich schon entschieden? Sie können gerne darüber nachdenken und später wiederkommen."

„Nein, der Fall ist klar. Ich nehme es, wenn Sie mir etwas Rabatt einräumen würden."

„Bei diesem Model sind meine Möglichkeiten begrenzt. Ich muss meine Kosten beim Einkauf decken und am Ende auch einen Gewinn erwirtschaften. Ich darf nicht leer ausgehen, ich habe eigene Verpflichtungen, die ich mit dem Verkauf der Fahrräder finanzieren muss."

Der Herr lächelt. „Gut, ich wollte Sie nur testen, ob beim Preis noch etwas zu machen ist. Ich habe bereits verglichen, Sie sind mit diesem Model entweder preiswerter oder gleichauf mit ihrer Konkurrenz. Jetzt, wo Sie so eine entzückende Hilfe haben, werde ich bei Ihnen kaufen, dann kann ich mich jedes Mal an dem hübschen Gesicht erfreuen, wenn ich hierherkomme." Er grinst breit.

Julia lächelt verkrampft.

Tobias entspannt sich wieder, so eine Preisverhandlung ist immer stressig und auch ein bisschen unangenehm. Auf der einen Seite will er die Kunden nicht verprellen, auf der anderen Seite darf er seinen notwendigen Gewinn nicht aus den Augen verlieren. „Können wir den Kauf damit abschließen? Falls ja, würde ich den Vertrag schon mal fertig machen."

„Gut. Kann ich mit EC-Karte zahlen?"

„Selbstverständlich, ich habe mir ein Terminal dafür einrichten lassen."

Es dauert noch eine Weile, bis der Verkauf perfekt ist, Tobias füllt den Vertrag aus, er stellt Unterlagen zusammen und gibt dem Kunden noch einen Prospekt mit Zubehör für das Pedelec mit.

Julia beobachtet ihn dabei genau, aus dem Augenwinkel beobachtet sie Angelina. Die hat von dem freundlichen Verkäufer ein Buch zum Ausmalen erhalten und versucht nun, mit Buntstiften die Bilder mehr oder weniger geschickt zu bemalen.

Eine halbe Stunde später ist der Verkauf perfekt. Der Kunde geht zu dem neuerworbenen Pedelec nach draußen, gefolgt von dem Verkäufer. Tobias erklärt ihm, was die Anzeigen auf dem Display bedeuten.

Vorsichtig fährt der Kunde davon.

Tobias blickt seine neue Mitarbeiterin an. „Jetzt hat es sich schon gelohnt, dass ich dich eingestellt habe."

„Das freut mich, aber ich habe nicht zu dem Verkauf beigetragen."

„Das sehe ich nicht so. Du darfst nun nicht übermütig werden und gleich eine Gehaltserhöhung verlangen."

Julia lacht. „Daran habe ich nicht gedacht. Es freut mich, wenn ich von Nutzen sein kann."

Es klappert hinter ihnen, die Tür wird geöffnet, zwei Personen kommen herein. Es ist ein Paar, die Frau ist klein und in den Siebzigern. Der Mann ist ein paar Jahre älter als sie, er hat volles Haar, das vollständig silbern ist. „Sind Sie nicht kürzlich mit ihrem Freund hier gewesen?", wendet sich die Frau an Julia.

„Ja, das stimmt. Jetzt habe ich hier Arbeit gefunden, ich kann im Laden aushelfen."

„Das freut mich für Sie, dann sehen wir uns vielleicht mal. Jetzt wollen wir uns einen Regenschutz für einen Fahrradhelm ansehen."

Tobias hat das mitgehört. Seine neue Mitarbeiterin hat offenbar keine Berührungsängste mit neuen Kunden, das ist gut so.

Es ist gleich Feierabend. Julia hat ihre Tochter an die Hand genommen, da klingelt das Telefon im Verkaufsbereich. Sie überlegt sich gerade, ob sie den Anruf entgegennehmen sollte, da kommt Tobias aus der Werkstatt. „Ich mach das hier schon, geh' du nach Hause." Er nimmt den Hörer ab.

Julia hat ihre Handtasche hinter der Theke vergessen, sie war zu sehr auf Angelina fixiert. Sie geht zurück und holt sich die Umhängetasche. Sie schnappt ungewollt ein paar Brocken des Telefongesprächs auf.

„Ich bin im Recht, das wissen Sie! Lassen Sie mich in Ruhe und rufen Sie nicht wieder an!" Tobias ist sehr laut geworden. Zornig wirft er mit lautem Krach den Hörer auf das Telefon.

„Was war das denn?", fragt Julia überrascht. So einen zornigen Ausbruch hat sie bei dem sonst sehr ausgeglichenen Tobias nicht erwartet.

„Du bist noch hier?" Er blickt sie überrascht an. „Das war Herr Kreuzner, er ist der Besitzer dieses Hauses. Er will diesen Laden unbedingt für seinen Sohn verwenden. Das hätte er sich früher überlegen sollen, ich habe einen Vertrag über zehn Jahre."

„Was will er dann von dir?"

„Er denkt, wenn er immer wieder anruft und mir Unverschämtheiten an den Kopf wirft, gebe ich schließlich nach. So läuft das aber nicht, ich habe gerade mein Geschäft eingerichtet. Ich kenne meine Rechte, er muss sich für zehn Jahre gedulden."

„Wird er dich denn jetzt in Ruhe lassen?"

„Ich glaube kaum. Er hat mir schon mal den Strom abgestellt, um mich unter Druck zu setzen. Ich erwarte jeden Tag eine neue Gemeinheit."

„Kannst du denn gar nichts dagegen unternehmen?"

„Kaum. Er kann sich Dinge ausdenken, wie zum Beispiel eine notwendige Reparatur und mir dann das Wasser oder sonst etwas abstellen. Dieser Mistkerl!"

Julia legt eine Hand auf seinen Arm, um ihn zu besänftigen. „Du hast mich, ich bin für dich da, wenn er dich ärgert. Außerdem bin ich Zeugin für seine Gemeinheiten, das sieht bei der Polizei dann schon anders aus, wenn man mit Beweisen kommt."

„Das stimmt. Die Polizei war auch schon einmal hier, aber mein Vermieter hat einfach alles abgestritten und ich hatte keine Beweise." Tobias lächelt. „Ich bin froh, dass du da bist, in jeder Hinsicht, wirklich."

***

Es ist inzwischen 17:00 Uhr geworden. Unruhig geht Charly den Strand auf und ab und blickt die Zufahrtstraße entlang. ‚Wo bleibt dieser Kerl?‘ fragt er sich. Er muss sich noch etwas in Geduld üben, sein Plan ist genau auf diese Umgebung zurecht geschnitten.

Doch, da, was ist das? Es klingt wie fernes Donnergrollen. Es ist die Harley von Marcel Obermann!

Charly hockt sich in den Sand in die Nähe der Sträucher und scheint sich für das Kommen und Gehen der Badegäste zu interessieren.

Jetzt kommt der Erwartete. Wie jedes Mal trägt er den Helm noch auf dem Kopf, in der einen Hand hält er eine Decke, in der anderen eine Tasche. Er geht in die Nähe der Stelle, an der er sich sonst immer hinlegt, jeder Mensch hat eben seine Gewohnheiten. Er sucht den Strand ab, möglicherweise versucht er, Julia zu entdecken. Dann breitet er die Decke aus, nimmt den Helm ab und holt sich eine Dose Bier aus der Tasche. Dann legt er sich hin. Er stützt sich auf die Ellenbogen und studiert das Leben am Strand.

Charly erhebt sich, jetzt ist es Zeit für seinen Plan. Er geht zu seinem Fahrrad. In der Packtasche hat er den Klappspaten gesteckt, den er sonst in seinem Pickup verwahrt, sowie das Messer. Es hat eine starre Klinge, etwa fünfzehn Zentimeter lang. Der Griff ist extrem rutschfest, in den sind glänzende Prismen eingeschliffen, die das Messer wertvoll aussehen lassen.

Charly klappt den Spaten auf und legt ihn in die Nähe eines Strauches, das Messer steckt er bis zum Griff in den Sand. Er zieht sich seine ledernen Handschuhe an. Sie sind aus dünnem Känguru-Leder, das ist sehr gefühlsecht. Das größte Problem kommt jetzt. Er muss diesen Obermann zu dieser versteckten Stelle locken. Folgt er ihm nicht, muss Plan B in Kraft treten.

„Guten Tag, Herr Obermann!" Charly hockt sich neben ihn und versucht, sich ein gleichmütiges Aussehen zu geben. „Sie sind mir doch nicht böse, dass ich Sie hier neulich vertrieben habe? Wissen Sie, ich bin etwas eifersüchtig, ich sehe es nicht gerne, wenn sich ein attraktiver Mann in der Nähe meiner Freundin aufhält,"

„So?" Marcel Obermann fühlt sich offenbar geschmeichelt. „Klar, das kann ich gut nachvollziehen, ihre Julia ist doch ein hübscher Käfer. Ich nehme Ihnen das nicht übel."

Das ist ein erster, wichtiger Etappensieg. „Ich brauche ihre Hilfe. Sie können doch zupacken, oder? Darum habe ich an Sie gedacht."

„Hilfe? Wobei kann ich Ihnen denn helfen?"

„Dahinten steckt etwas im Sand. Ich kann es alleine nicht herausziehen, ich brauche eine zweite Person dazu. Es sieht sehr interessant aus, es könnte ein Dolch oder ein anderes Messer sein, es sieht sehr wertvoll aus."

„Tatsächlich? Das möchte ich mir auch ansehen. Wenn es so wertvoll ist, wie Sie sagen, möchte ich jedoch am Erlös beteiligt werden."

„Das ist keine Sache. Wir teilen halbe-halbe." Charly geht voraus, Marcel Obermann folgt ihm. Er zwängt sich durch die Sträucher, die hier sehr dicht beieinander stehen und geht bis zu der Stelle, wo das Messer im Sand steckt. „Sehen Sie, dort ragt es aus dem Sand", Charly zeigt auf den Griff des Messers.

„Tatsächlich!", entfährt es Marcel. „Da steckt ja wirklich etwas!" Er bückt sich, um den Griff näher in Augenschein zu nehmen.

In dem Moment greift Charly den Griff, reißt das Messer aus dem Sand und stößt es mit Kraft in Obermanns Brust. Die Klinge öffnet den Herzbeutel, ein großer Schwall Blut strömt ihm entgegen.

Marcel ist auf der Stelle tot, mit schreckgeweiteten Augen fällt er nach vorne in den Sand.

Jetzt muss Charly rasch handeln. Er sieht sich um, niemand blickt in seine Richtung. Er zieht das Messer heraus und wischt es im Sand ab, er rollt den Toten beiseite und greift nach seinem Spaten. Es braucht seine Zeit, bis er ein etwa knietiefes Loch ausgehoben hat, weil der Untergrund aus losem Sand besteht und immer wieder nachrutscht. Er sucht den Motorradschlüssel in der Hosentasche des Toten, nimmt ihn an sich und rollt den Leichnam in das Loch. Er schaufelt den Sand wieder zurück, jetzt ist nichts mehr zu sehen. Mit einem abgerissenen Zweig verstreicht er den Sand, jetzt sieht es hier aus wie überall.

Nun muss er die Reste am Strand entsorgen. Er ergreift die Decke, die Tasche und den Helm. Damit geht er in Richtung der Straße Elbinsel Krautsand. Und richtig, der Müllcontainer steht am Rand des Parkplatzes, wie schon die ganze letzte Woche. Er wirft die Sachen des Toten hinein.

Dann geht er zu dem Motorrad, das dort parkt. Er setzt sich darauf, steckt den Schlüssel in das Schloss und startet den Motor. Langsam, mit möglichst wenig Gas fährt er zur Hauptstraße. Dort biegt er ab in Richtung Drochtersen und fährt gemächlich die Straße entlang. Sein größtes Bestreben ist es, nur nicht aufzufallen und möglichst wenig Motorenlärm zu verursachen, was bei diesem Boliden nicht einfach ist. An der Straße zum Ruthenstrom biegt er in Richtung Elbe ab. Unten an der Kaimauer stellt er das Motorrad ab. Im Moment sind ihm noch zu viele Menschen unterwegs. Er zieht den Zündschlüssel ab und geht auf dem Deich entlang zum Badestrand zurück, denn dort steht sein Fahrrad.

Das Wetter ist schön, er genießt den Weg mit der schönen Aussicht auf die Elbe. Der Genuss wird durch den Mord, den er eben verübt hat, getrübt. Nicht, dass es das erste Mal war, aber diesmal musste es sein. Er konnte den Obermann nicht am Leben lassen. Dieser Kerl könnte die Kenntnisse, die er von Julia erhalten hat, auf der Reeperbahn weitergeben. Er ahnt nicht, dass es schon passiert es, denn dann hätte er auf diese Tat verzichten können.

Eines hängt eben immer mit vielen anderen Dingen zusammen. Würde dieser das tun, was er vermutet, es wäre jedenfalls mit seinem schönen, ausgeglichenen Leben vorbei. Die Polizei wäre im Nu hier - oder schlimmer noch - gedungene Schergen von Victor würden hier auftauchen und ihn mit Sicherheit töten. Was mit Julia und der Kleinen passieren würde, möchte er sich lieber nicht ausmalen. Auf einen Toten mehr oder weniger kommt es bei ihm nicht an. An dieser Stelle fällt ihm jäh ein, dass er ohnehin nicht mehr lange zu leben hat. Während seiner Zeit mit Julia war sein nahender Tod nicht so präsent, zwar nicht vergessen, aber mehr wie ein Ereignis, das ihn vorerst nicht betreffen wird. Jetzt klingen ihm die Worte des Arztes im Ohr. „Vielleicht ein halbes Jahr..." Umso mehr braucht er jetzt den Frieden, der ihn in der Nähe von Julia und ihrer Tochter umgibt. Und er wird diesen Frieden, mit allem was er hat, verteidigen, solange er die Kraft dafür hat.

Er setzt sich wieder in den Sand und beobachtet die Menschen am Strand und die Schiffe auf dem Wasser. Hat er an alles gedacht? Nicht irgendwo etwas vergessen? Ihm fällt nichts ein, langsam verschwinden die quälenden Zweifel.

Es ist spät, nach 21 Uhr. Er steigt auf sein E-Bike und fährt zum Ruthenstrom. Dort ist inzwischen Ruhe eingekehrt. Alle Besucher und Badegäste sind verschwunden. Er öffnet das Lenkradschloss des Motorrades und schiebt es an die Kaimauer. Sorgfältig sieht er sich um. Jetzt! Er gibt dem schweren Fahrzeug einen Stoß, dann rollt es über die Mauer, kippt und fällt mit einem lauten Platschen in das Wasser. Nach wenigen Sekunden hat sich das aufgeregte Wasser beruhigt und bedeckt das Fahrzeug. Kein Zeichen zeugt mehr von dem Vorgang. Er steigt auf sein E-Bike und radelt mit kräftiger Unterstützung des Motors nach Westersode zurück.

Der Hausbesitzer

„Hast du alles erledigen können?", fragt ihn Julia.

„Ja, es hat alles zu meiner Zufriedenheit geklappt." Ein Toter belastet ihn nicht sonderlich. Selbst wenn man ihn eines Tages erwischen sollte, schreckt ihn das nicht. Möglicherweise überlebt er noch nicht einmal die Gerichtsverhandlung. „Wie war es heute beim Fahrradhändler?", fragt er sie. Wie es Julia und ihrer Tochter ergeht, ist das Einzige, was ihn jetzt interessiert.

„Es beginnt, mir zu gefallen. Der Händler ist sehr nett, da macht die Arbeit Spaß."

„Da spielt sich doch nicht etwas ab?", fragt er mit einem Grinsen.

Julia blickt einen Moment auf den Boden. „Äh, ja. Er ist wirklich sehr nett, ich könnte mich an den Gedanken gewöhnen."

„Das glaube ich. Mir gefällt er ebenfalls, er ist ein tüchtiger, freundlicher, junger Mann."

„Du hättest nichts dagegen?", fragt Julia überrascht.

„Warum sollte ich? Du bist nicht meine Freundin. Ich finde nur wichtig, dass du genau überlegst, was du von dieser Beziehung erwartest. Wir kennen den jungen Mann nicht. Lass dir bitte Zeit. Wenn ich richtig liege, ist dies das erste Mal, dass jemand mit dir zusammen sein will, ohne Hintergedanken zu haben, oder? Mir liegt nur dein Glück am Herzen." Das stimmt. Vor nicht allzu langer Zeit war es ihm völlig egal, was andere gedacht und gefühlt haben. Zu seiner Überraschung ist es ihm inzwischen sehr wichtig, wie es Julia und ihrer Tochter ergeht, mehr noch: Der Gedanke, dass den beiden etwas geschehen könnte, ist ihm unerträglich. Solange er noch lebt, wird er Himmel und Hölle in Bewegung setzen, um ihnen ein sorgenfreies Leben zu ermöglichen.

„Habt ihr euch schon geküsst?", fragt er mit einem Lächeln.

Julia streckt ihm die Zunge raus. „So fragt man Leute aus. Ja, beinahe. Ich möchte ihn beim nächsten Mal gewähren lassen, oder sollte ich besser nicht?"

„Du machst schon das Richtige. Wirst du ihm sagen, wie du früher dein Geld verdient hast?"

„Scheiße! Daran hab' ich noch gar nicht gedacht. Lieber nicht, oder? Oder später, falls wir tatsächlich länger zusammen bleiben?"

„Das ist wohl das Beste. Gleich jetzt damit rauszurücken ist nicht nötig, wenn du mich fragst."

„Denk' ich auch. Hätte nicht gedacht, dass mir der „Job" mal peinlich sein würde."

Sie zögert einen Moment, sollte sie von dem Telefongespräch mit dem Hausbesitzer erzählen? Sie möchte es loswerden, es liegt ihr auf der Seele. „Charly, da ist noch was."

„Nur zu, ich bin ganz Ohr." Das ist auch so eine neue Eigenschaft, die er an sich feststellt. Früher, das heißt vor der Bekanntschaft mit Julia, hat es ihn einen Dreck interessiert, was ihm andere Personen erzählen wollten. Hauptsache war immer, dass er geheime Informationen herausfand, zur Not unter Anwendung körperlicher Gewalt. Ist es die begrenzte Zeit, die ihm noch bleibt, oder das Zusammensein mit Julia, das ein Mitgefühl hervorgerufen hat?

Julia berichtet von dem Telefongespräch. „Tobias tut mir so leid, er hat mit viel Arbeit den Laden auf die Beine gestellt und dann kommt ihm so ein Mistkerl dazwischen."

„Das ist allerdings wirklich das Letzte. Sag' mir Bescheid, wenn dieser Kreuzner keine Ruhe gibt. Das wäre ja gelacht, wenn ich ihn nicht zur Raison bringen könnte. Ich habe da ein, zwei Tricks auf Lager."

„Das würdest du tatsächlich tun?"

„Natürlich. Das betrifft ja auch dich, der Kerl befindet sich im Unrecht und wendet Mittel an, die nicht erlaubt sind, um den jungen Mann rauszugraulen." Er wird sich etwas einfallen lassen, da ist er sich sicher. Mit solchen Dingen hat er früher sein Leben finanziert, aber diesmal wird es ihm Spaß machen. Er muss grinsen.

„Was ist daran so lustig?"

„Nichts, ich musste nur grad an etwas denken."

***

Die nächsten Tage vergehen mit süßem Nichtstun. Das Wetter ist stabil, nicht immer perfekt, aber für den Besuch auf Krautsand gut genug. Der ganze Tag dreht sich um Angelina, sie ist der Mittelpunkt all ihrer Aktivitäten. Claudia und Stefanie sind immer mal wieder am Strand und leisten ihnen Gesellschaft. Charly fragt sich oft, wie das Leben der Kleinen bisher wohl gewesen ist. Als er Angelina kennenlernte, war sie wie ein junger Hund, der noch nichts kannte. Charly nimmt sich vor, Julia bei Gelegenheit danach zu fragen.

Fischbrötchen, Kuchen, Kaffee, Speiseeis – das Leben ist schön.

Julia hat begonnen, regelmäßig bei Tobias zu arbeiten. An den Montagen, mittwochs und samstags, hilft sie im Geschäft aus.

Angelina wird die meiste Zeit von Charly beaufsichtigt, es gefällt ihm immer besser, sie zu fördern und mit ihr zu spielen. An manchen Tagen fährt er nach Krautsand, dort trifft er fast immer auf die beiden Schwestern, die sich stundenlang mit der Kleinen beschäftigen. An manchen Tagen und Nächten bleibt sie ganz in der Obhut der alten Damen und Charly ist mit seinen Gedanken allein. Verschiedene Dinge gehen ihm durch den Kopf. Was ist mit diesem verdammten Lungenkrebs? Bis jetzt merkt er nichts davon. Wird man überhaupt etwas merken? Wird es Husten oder blutigen Auswurf geben? Bis jetzt geht es ihm gut. Hat sich der Arzt vielleicht getäuscht und ihn unabsichtlich ständigen Zweifeln überlassen?

***

Es ist Mittwoch-Nachmittag. Julia arbeitet im Fahrradgeschäft, sie sortiert Rechnungen in den dafür vorgesehenen Ordner. Im Laden ist gerade nichts los, Tobias befindet sich in der Werkstatt, er zentriert ein Laufrad, in dem nach einem Unfall eine »Acht« zurückgeblieben ist.

Jetzt kommt er aus der Werkstatt und lächelt sie an. „Ich wollte dir ein wenig die Zeit vertreiben." Er stellt sich vor den Schreibtisch und sieht ihr bei der Arbeit zu.

Sie unterbricht ihre Tätigkeit für einen Moment, sie legt die Rechnung, die sie gerade abheften wollte, neben den Ordner und blickt zu ihm hoch. „Das gefällt dir wohl, deine Mitarbeiter von der Arbeit abzuhalten." Sie erwidert sein Lächeln mit einem entzückenden Augenaufschlag.

Er stützt sich mit den Händen auf dem Schreibtisch ab und spitzt die Lippen zum Kuss.

Julia wird ganz warm ums Herz, sie steht auf und nimmt ihn in die Arme. Ein Kuss, ein besonders langer, verbindet beide für eine Weile.

Die Ladentür klappt, herein kommt ein Mann um die Fünfzig, der recht attraktiv ist. „Oh! Ich störe wohl gerade", kommentiert er die eindeutige Situation.

Tobias löst sich blitzartig aus Julias Armen. „Herr Kreuzner? Mit Ihnen habe ich nicht gerechnet."

„Das habe ich bemerkt. Ich wollte nur mal nach dem Rechten sehen. Der Laden gehört mir ja fast beinahe." Er verzieht sein Gesicht zu einem gemeinen Grinsen.

„Ihnen gehört lediglich das Haus. Mir gehören die Nutzungsrechte für noch fast zehn Jahre", sagt Tobias mit erhobener Stimme.

Frank Kreuzner mustert Julia ungeniert. „Ist das Ihre neueste Eroberung? Respekt. Die kann sich sehen lassen. Hätte ich Ihnen gar nicht zugetraut." Er fasst Julia am T-Shirt und zieht sie zu sich heran. „Die könnte mir auch gefallen. Können Sie mir die Kleine nicht mal ausleihen? Ich würde mir für meinen Sohn vielleicht doch noch etwas anderes einfallen lassen, als dieses Geschäft."

Tobias und Julia sehen Herrn Kreuzner entgeistert an. Tobias fasst sich als erster. „Behalten Sie Ihre schmutzige Phantasie und Ihre Hände gefälligst bei sich. Da spielt sich gar nichts ab!"

Daraufhin lässt Kreuzner Julia los und hebt ergeben die Hände. „Schon gut, schon gut, machen Sie nicht so eine Welle, ich tu ihr ja nichts, der kleinen Maus." Er grinst schmierig.

Julia ist über die Unverschämtheit ebenfalls entsetzt - worüber sie sich selbst wundert. Unverschämtheiten zu hören bekommen und betatscht zu werden, gehörte früher zu ihrem Job. Und wenn es Tobias dabei helfen würde, den unangenehmen Kerl loszuwerden, würde sie sich auf ihn einlassen und gut. Aber das würde wahrscheinlich nicht klappen, und Tobias würde auf einen Schlag ahnen, wie sie vorher ihr Geld verdient hat.

Julia blickt Tobias überrascht an. Was für ein Gentleman! Einem wie ihm ist sie noch nie begegnet. Damit ist die Sache mit einem Tête-à-Tête mit dem Besitzer natürlich erledigt. Bei genauer Überlegung ist das auch besser so, egal um welchen Preis. Wenn sich das rumsprechen würde – bei diesem Kreuzner muss man mit allem rechnen – wäre sie unten durch. Dabei gefällt es ihr hier sehr gut. Die Menschen sind nett und hilfsbereit, hier möchte sie noch möglichst lange wohnen und arbeiten.

Herr Kreuzner hebt erneut abwehrend die Hände. „Schon gut, ich geh ja schon. Aber denken Sie nicht, dass ich mich geschlagen gebe. Ich gehe zu meinem Rechtsanwalt, dem wird schon etwas einfallen."

„Idiot!", ruft ihm Tobias hinterher. „Hätte ich mir bloß einen anderen Ort für mein Geschäft gesucht. Nun muss ich sehen, wie ich mit diesem Mistkerl klar komme."

Julia legt ihre Arme um ihn. „Du schaffst es schon. Wenn es jemand hinbekommt, dann du. Ich halte dich für sehr tüchtig."

„Meinst du wirklich?" Sein Zorn ist verflogen, er lächelt sie an.

„Doch, bestimmt. Ich kenne niemanden, der so zielstrebig ist, wie du."

Daraufhin folgt natürlich ein Kuss, ein ganz langer und intensiver.

***

„Wie war 's im Büro?", fragt Charly sie mit einem Grinsen, als sie am Abend nach Hause kommt. Er ist gerade mit dem Engelchen aus Krautsand zurückgekommen, um Julchen zu empfangen.

„Heute gab es wieder Ärger mit dem Besitzer des Hauses, diesem Kreuzner. Es hätte nicht viel gefehlt, und er hätte sich an mir vergriffen."

„Was war das? Noch mal von vorne, jede Kleinigkeit!", fordert er sie auf.

Julia erzählt und lässt nichts aus. Sie erwähnt lediglich nicht, dass sie erwogen hatte, diesem Kreuzner zu willen zu sein, um den Ärger mit Tobias' Laden ein Ende zu bereiten.

Charly hört sich ihren Bericht an, jedes Wort bewegt er in seinem Kopf. Er kraust die Stirn und zieht die Augenbrauen zusammen. „Ich denke, ich sollte mir diesen Kerl mal vornehmen. Was denkt der denn, wer er ist?" Das ist doch genau sein Metier, wenn er es nicht schafft, den Mann einzuschüchtern – wer denn dann?

„Das würde mich freuen. Aber sei bitte vorsichtig. Nicht, dass du dem Idioten eine draufgibst und ein großes Ding daraus wird", sorgt sich Julia. Sie zitiert Charly mit erhobenem Zeigefinger: „Wir dürfen nicht auffallen!"

Er muss lachen. „Du hast ja so recht! Aber ihm eine aufs Maul hauen, das funktioniert fast immer und ist bestimmt unauffällig." Wo Charlys Faust landet, wächst in der Regel kein Gras mehr. „Wo findet man denn diesen Kerl?"

122

„Ich glaube, er wohnt in Cadenberge. Er fährt einen Porsche Cayenne. Ich könnte dich anrufen, wenn er wieder im Geschäft auftaucht. Für den Fall müsste ich mein Handy bei dir lassen."

***

So geschieht es. Es vergeht etwa eine Woche, da meldet ich Julias Telefon in seiner Tasche. „Jetzt ist er da!", ruft sie aufgeregt ins Telefon. „Noch parkt er mit seinem Auto an der Straße. Er wird aber bestimmt hereinkommen, mich vollschleimen und Tobias Ärger machen – Hundertpro!"

„Bin gleich da!"

Charly nimmt Angelina an die Hand und geht mit der Kleinen die Nordhoop-Straße entlang zu dem Fahrradgeschäft. „Wir werden jetzt Julia besuchen, was sagst du dazu?"

„Oh ja!" Sie ist bester Laune. Genau genommen, ist sie immer gut gelaunt. So soll es auch bleiben, er will alles dafür tun, um das zu erhalten.

Sie erreichen das Geschäft. Er betritt mit der Kleinen an der Hand den Laden.

Herr Kreuzner spricht mit Tobias Heidmann.

Julia sitzt hinter dem Tresen und versucht, sich unsichtbar zu machen. „Da bist du ja!", ruft sie, als sie ihre Tochter bemerkt, steht auf und herzt die Kleine.

„Ihr beide geht jetzt besser vor die Tür", empfiehlt Charly. „Es könnte vielleicht ein bisschen laut werden."

Julia huscht mit ihrer Tochter nach draußen auf den Bürgersteig.

Charly wendet sich an Tobias und Herrn Kreuzner, bei den Kontrahenten ist der Ton inzwischen rauer geworden.

„Mein Anwalt hat einen Formfehler entdeckt. Er wird prüfen, ob es genügt, das Vertragsverhältnis mit Ihnen zu beenden", faucht der Besitzer den erschrockenen Fahrradhändler an.

„Hier wird gar nichts mehr geprüft!" Die bedrohliche Gestalt von Charly hat sich den beiden genähert.

„Wer sind Sie denn? Unser Gespräch geht Sie gar nichts an!", bläst der Hausbesitzer Charly entgegen.

„Da täuschen Sie sich. Julia ist meine Cousine und Tobias ist ihr Freund. Und ich kümmere mich darum, dass beiden nichts geschieht. Machen Sie sich vom Acker, oder es gibt Ärger!" Er ballt seine rechte Faust und lässt die Fingerknöchel knacken.

Kreuzners blasierter Gesichtsausdruck flackert leicht, er fasst sich schnell wieder. „So leicht lasse ich mich nicht einschüchtern. Dazu gehört mehr als eine Faust!", schimpft der Hausbesitzer zornig.

So leicht gibt Charly nicht auf. „Ganz wie Sie meinen." Er boxt dem überraschten Kerl kräftig in die Magengrube. Ein zweiter Schlag trifft die Nase. Sofort fließt Blut, das sich der Kreuzner mit dem Handrücken abwischt. Bis eben hat er die Drohgebärden für Angeberei gehalten, er hat nicht erwartet, dass so schnell Ernst daraus werden könnte. Tobias ist zur Salzsäule erstarrt. Nie im Leben hätte er gedacht, dass Julias Cousin Kreuzner tatsächlich schlagen würde. Nicht, dass er es nicht verdient hätte, aber so plötzlich - zack und drauf? So etwas hat er höchstens mal im Fernsehen gesehen.

„Das ist erst der Anfang!", stellt Charly klar. „Ich mach' kurzen Prozess mit Ihnen! Jetzt gehen Sie mir aus den Augen, bevor mich meine gute Laune verlässt!"

Kreuzner sieht ein, dass er, jedenfalls für den Moment, den Kürzeren gezogen hat. Er hält eine Hand unter die Nase und läuft nach draußen zu seinem Auto.

„Dem haben Sie ja ordentlich Bescheid gegeben", sagt Tobias. „Meinen Sie, dass er sich dadurch beeindrucken lässt? Ich halte ihn für sehr zäh."

„Was meinen Sie, wie zäh ich erst sein kann?", erwidert Charly. „Ich kann gerne noch was drauflegen, wenn der Kerl nicht aufhört, Sie unter Druck zu setzen."

„Gehen Sie nicht ungesetzlich vor. Dieser Typ wird das sofort ausnutzen und Sie anzeigen, er hat ja schon einen Anwalt", gibt Tobias zu bedenken.

„Das verliere ich nie aus den Augen. Er weiß aber jetzt, dass Sie nicht alleine dastehen. Wenn solche Typen merken, dass da noch jemand ist, der mindestens so abgebrüht ist wie sie selbst, werden sie vorsichtiger. Am Ende sitze ich am längeren Hebel." Charly kennt sich mit diesen Typen aus. „Irgendwann ist bei jedem eine Grenze erreicht, bei der sie nachgeben."

„So abgebrüht kommen Sie mir gar nicht vor. Allein, wie Sie mit Angelina umgehen..."

„Naja, früher..." Er zögert. Es ist nicht nötig, dass der junge Mann erfährt, wie es noch vor ein paar Wochen um Charlys Leben bestellt war. „Es reicht ja, wenn dieser Schnösel denkt, ich wäre abgebrüht."

„Hoffentlich haben Sie sich meinetwegen nicht zu weit aus dem Fenster gelehnt. Mich würde es natürlich freuen, wenn Sie Erfolg haben. Ich möchte aber nicht, dass Sie deswegen Schwierigkeiten bekommen." Der junge Mann zögert. „Meinen Sie, er geht jetzt zur Polizei?"

„Wohl kaum. Dann würden ja auch seine Machenschaften auffliegen, von wegen Strom und Wasser abstellen und so. Machen Sie sich darüber keine Gedanken", Charly ist unbekümmert. Was kann ihm schon passieren? Dieser unheimliche Krebs wird ihm früher oder später das Handwerk legen, ganz bestimmt früher, als ein Richter.

Charly kehrt in sein geborgtes Zuhause zurück.

Ihm folgt Julia mit ihrer Tochter. „Wie ist es denn ausgegangen? Ich habe von draußen nichts mitbekommen, nur das dieser Kreuzner aus dem Laden gestolpert kam und sich ein Taschentuch auf die Nase drückte. Hat er Nasenbluten gehabt?"

Charly lacht. „So kann man es auch nennen. Es hat jedenfalls geklappt, ihn einzuschüchtern. Ob es auf Dauer wirkt, müssen wir abwarten, dann muss ich noch mal nachbessern."

„Pass nur auf, dass die Polizei nicht eingeschaltet wird, dann haben sie dich am Haken."

„Das stimmt. Ich glaube es aber nicht, diesen Kreuzner schätze ich anders ein. Sobald die Polizei mitmischt, kommt auch heraus, dass er mit unerlaubten Mitteln versucht hat, vertragsbrüchig zu werden. Er wird wahrscheinlich versuchen, sich irgendwie zu rächen. Dann ist er auf jeden Fall bei mir an den Falschen geraten."

„Mann, Mann, Charly. Irgendwann wird das mal schiefgehen", meint Julia besorgt.

„Ja, kann sein. Aber dieses Risiko ist Teil meines Lebens, da muss ich durch." Charly sieht es entspannt. Es geht nun schon lange gut. Die einzige Strafe, die er bisher absitzen musste, waren die fünf Jahre für den Totschlag an Djamal Barakat, dem

Mann, der Victor dessen Freundin ausgespannt hatte. Außerdem ist da noch dieses Karzinom, das tief in seiner Lunge sein Unwesen treibt. Er weiß nicht, was ihm mehr Sorgen bereitet.

***

Charly hat Frank Kreuzner richtig eingeschätzt. Wutentbrannt ist er nach Hause gefahren. Der Gedanke, die Polizei einzuschalten, hat er nach kurzem Überlegen verworfen. Er hat keinen Beweis, keinen Zeugen, der für ihn sprechen würde. Dieser Heidmann würde bestimmt felsenfest zu diesem Hünen halten. Nein. Er muss es anders anfangen. Diese schreckliche Kreatur soll um ihr Leben winseln, das würde ihm die Genugtuung verschaffen, die ihm jetzt fehlt. Niemand demütigt ihn ungestraft!

Seine nächsten Schritte führen ihn zu Jürgen Rudik, Doktor der Rechtswissenschaften. Dessen Kanzlei befindet sich in der Nähe seiner Wohnung. Sie kennen sich seit der Schulzeit, nach dem Studium ist sein Freund Jürgen in die Nähe seines Geburtsortes, nach Cadenberge, zurückgekehrt.

„Wenn Sie einen Moment warten möchten? Doktor Rudik wird gleich für Sie da sein." Die graue Maus, die sein Büro führt, ist von unbestimmtem Alter, in gedeckten Farben gekleidet und hat braunes kurzes Haar.

Frank Kreuzner nimmt in einem der bequemen Ledersessel im Wartebereich Platz und angelt sich eine Illustrierte aus der Ablage.

Er muss nicht lange warten, sein Freund kommt mit ausgestreckter Hand auf ihn zu. „Frank! Lässt du dich auch mal wieder sehen? Was ist es denn dieses Mal? Bist du zu schnell gefahren? Hast du dich über einen Nachbarn geärgert? Oder er sich über dich? Haha!" Er lacht ungezwungen über seine Witze und streicht sich mit einer Hand über seinen haarlosen, spiegelblanken Kopf. Er ist gut gekleidet, wie es sich für einen Anwalt gehört. Zu einer schwarzen Hose trägt er eine silbergraue Weste und ein weißes Hemd mit einer knallroten Krawatte als Hingucker. Sein Gesicht ziert ein blonder Schnurrbart und eine dunkle Hornbrille.

„Nein, es ist ganz anders. Ich hoffe, du kannst mir trotzdem helfen", erwidert sein Freund etwas kleinlaut.

„Klar doch. Habe ich dich schon mal hängen lassen? Komm mit in mein Büro, da sind wir ungestört."

Frank Kreuzner folgt seinem Freund in dessen Allerheiligstes. Das Büro ist edel ausgestattet, auf dem Boden liegt ein teurer Teppich. Frank Kreuzner weiß, dass der von einem Mandanten stammt, der zahlungsunfähig war und ihm den fast unbezahlbaren Perser für ein Schnäppchen überlassen hat.

„Setz dich, alter Junge. Einen Drink? Whisky oder Bacardi?"

„Danke, ich bevorzuge Whisky. Hast du Malt oder Bourbon?"

Doktor Rudik hält ihm eine Flasche hin. „Hier bitte, sieh selbst."

Frank Kreuzner liest »Macallan, feinster schottischer Whisky, 12 Jahre alt«.

„Na, der ist nicht von schlechten Eltern."

„Sag ich doch." Der Anwalt füllt die Gläser nahezu halbvoll und hebt seines. „Cheers!"

„Cheers!", erwidert Frank Kreuzner den Trinkspruch.

„Nun sag schon, was führt dich zu mir? Mein teurer Whisky alleine wird es kaum sein."

Frank stellt sein Glas ab und lehnt sich in dem bequemen Sessel zurück. „Du weißt, dass ich das Geschäft an der Dorfstraße in Westersode gerne für meinen Sohn haben würde. Leider ist mir das erst eingefallen, als ich den Vertrag mit diesem Heidmann bereits abgeschlossen und unterschrieben hatte."

„Ich weiß, ich kenne dein Problem. Juristisch ist das wasserdicht, von der Seite kommst du nicht weiter. Du könntest nur versuchen, ihn zu vergraulen. Eine Möglichkeit wäre zum Beispiel, den Laden ausrauben zu lassen. Ich könnte dir geeignete Kontakte vermitteln."

„Meinst du, das hätte ich nicht schon überlegt? Nein, es ist ganz anders. Dieser Heidmann hat vor ein paar Tagen eine Aushilfe für den Laden eingestellt. Und die - jetzt kommt 's - hat einen Freund oder was auch immer, der hat davon erfahren, dass ich Heidmann unter Druck setze."

„Und wo ist das Problem? Was geht dich dieser Freund an?"

„Genau er ist das Problem. Er ist ein Hüne, mit Fäusten, groß wie Kohlköpfe, der mir Angst eingeflößt hat. Er hat mir einige Schläge verpasst und mir weitere versprochen, wenn ich Tobias Heidmann nicht in Ruhe lasse."

„Ach, deshalb siehst du so derangiert aus! Aber - was soll **ich** daran tun? Soll ich ebenfalls einen Schläger für dich engagieren, der dem Hünen eine Tracht Prügel verpasst?"

„Nein, nein. Ich will mit dem Kerl abrechnen, für die Schläge, die ich einstecken musste. Dazu brauche ich eine Waffe, mit den Fäusten habe ich gegen diesen Riesen keine Chance."

„Warte mal, ich habe da etwas für dich. Eine Pistole, die hat einer meiner Mandanten hiergelassen. Du musst mir nur versprechen, dass du sie nicht benutzt. Den Ärger, der dann auf mich zukommen könnte, kann ich nicht gebrauchen. Und der ist gar nichts gegen das, was du dann am Hals hättest."

„Das kann ich mir denken, ich bin ja nicht dämlich. Das kann ich dir ohne Schwierigkeiten versprechen. Ich will den Mann nur um sein Leben winseln sehen, dann lasse ich ihn laufen."

„Gut, abgemacht. Ich verlasse mich auf dich." Doktor Rudik geht an einen Stahlschrank, der in die Wand eingelassen ist, tippt eine Nummer ein, öffnet die Tür und entnimmt ihm ein mit einem ölgetränktem Lappen umwickeltes Päckchen. Er legt es auf den Schreibtisch und faltet es auseinander. „Hier, das ist eine 45er Colt-Pistole, eine sehr schussstarke und mächtige Waffe, damit kannst du diesen Typen beeindrucken."

„Kannst du mir noch Munition dazu geben?"

„Munition? Wir haben doch vereinbart, dass du nicht schießen sollst."

„Nein, das will ich nach wie vor nicht. Aber vielleicht muss ich ein paar Warnschüsse abgeben, bis er gefügig wird."

„Gut, das sehe ich ein. Ich gebe dir noch ein volles Magazin dazu."

„Vielen Dank, du hast etwas gut bei mir."

„Das ist das mindeste. Wenn du Erfolg gehabt hast, wirst du mich mal ganz teuer ausführen müssen. Ich kenne ein Lokal in Cuxhaven, für einen Obolus extra gibt es ein paar Mädchen dazu."

Frank Kreuzner schluckt. Das wird ihn einen Batzen Geld kosten, das ist nicht zu ändern. Immerhin hat er jetzt eine Waffe, die wird er schlau einsetzen. Nun wird es ein für alle Mal Schluss sein mit der Bedrohung durch diesen ungeschlachten Raufbold!

***

Frank Kreuzner parkt mit seinem anthrazitfarbenen Porsche auf dem Parkplatz der Stader Saatzucht an der Dorfstraße in Westersode. Er muss zuerst einmal herausbekommen, wo dieser Typ wohnt. Dazu wird er dessen Freundin verfolgen, wenn sie nach Feierabend mit dem Fahrrad nach Hause fährt. Er steht an der Straße und lässt den etwa einhundert Meter entfernten Fahrradladen nicht aus den Augen. Es ist gleich sechs, dann schließt das Geschäft und die Angestellte sollte dann heraustreten.

Er hat sich nicht verrechnet. Wenige Minuten nach sechs kommt eine Fahrradfahrerin vom Hof gefahren und biegt in die Nordhoopstraße ein.

Frank Kreuzner springt in sein Auto und fährt ihr in einiger Entfernung hinterher. Nach einem knappen Kilometer biegt sie auf ein etwas verwildertes Grundstück ein.

Na bitte, der erste Schritt war erfolgreich. Nun muss er noch warten, bis dieser Typ alleine zuhause ist, dann beginnt seine Rache – und die wird furchtbar sein. Vielleicht sollte er sich noch einen Schlagring, einen Baseball-Schläger oder etwas Ähnliches besorgen, damit er ebenfalls austeilen kann. Nein – er entscheidet sich dagegen. Dadurch wird der Ablauf zu kompliziert und er könnte am Ende doch noch den Kürzeren ziehen. Er wird ihm einfach nur mit der Waffe drohen. Er muss überzeugend wirken, dann wird dieser dumme Sack schon zu kriechen beginnen!

Nach gelegentlichen Beobachtungen kennt Frank Kreuzner den Arbeitsplan des hübschen Mädchens. Es sind jeweils die Nachmittage montags, mittwochs und samstags. Ein kleines Mädchen ist oft bei dem Mann im Haus, die Kleine kann er bei seiner Aktion nicht brauchen, das ist klar.

Doch schließlich passt es. Charly ist nach Krautsand gefahren und hat Angelina in die Obhut der Schwestern gegeben. Es ist ein Montagnachmittag, seine hübsche »Cousine« ist mit dem Fahrrad zu ihrer Arbeitsstätte gefahren. Er will auf dem Grundstück arbeiten, auf dem sie ungefragt leben. Ihm fällt seit einigen Tagen auf, dass es mehr und mehr verwildert. So kann er sich bei der Hausbesitzerin - wo immer sie auch ist - dafür revanchieren, dass sie hier kostenfrei wohnen.

Julchen hat gelegentlich Unkraut gejätet, doch es gibt einige Bereiche, die umgegraben werden müssen, um nachhaltig für Sauberkeit zu sorgen. Einige Teile sind vollständig mit Kraut durchzogen, nur ein Rundumschlag kann hier noch helfen. Wiederum muss er sich über sich selbst wundern. Gartenarbeit? Unkraut stechen? Nie hätte er gedacht, dass er so etwas mal tun würde. Er hat sich die Jacke ausgezogen und die Ärmel hochgekrempelt, nun geht es los. Sorgfältig sticht er die Grabgabel mit gleichen Abständen in die Erde und wendet die Scholle, schüttelt sie und entfernt die meisten Teile des Unkrautes. Anschließend will er mit Harke und Handarbeit die verbliebenen Reste entfernen.

Er ist so sehr in seine Arbeit vertieft, dass er den Mann nicht bemerkt, der sich ihm von hinten nähert.

„Hände hoch! Keine Bewegung!", ruft Frank Kreuzner. Die Pistole hat er in Augenhöhe gehoben und zielt auf Charlys Kopf.

Der hält mit der Arbeit inne und blickt den Mann irritiert an.

„Da staunst du, was? Mich kann man nicht so leicht einschüchtern. Jetzt bist du dran. Kannst schon mal mit dem Vaterunser anfangen!" Frank Kreuzner fühlt sich im Siegeswahn. Sein Plan funktioniert, jetzt wird dieser Hüne zittern und in Zukunft Angst vor ihm haben.

Doch Charly ist nicht beunruhigt. Er weiß, dass es nicht einfach ist, jemanden in die Augen zu sehen und ihn dann zu erschießen. Das können nur Empathie-lose Killer, denen jedes Mitgefühl fremd ist. Dieser Kreuzner ist zwar skrupellos, aber auch ein elender Feigling.

„Was ist los? Willst du mir Angst machen? Schieß doch, wenn du dich traust!", ruft er seinem Kontrahenten zu.

Der starrt Charly an, wie ein Schreckgespenst. Er hat den Finger am Abzug, die beiden Hände, mit denen er die Waffe hält, zittern unmerklich. Dieser Mistkerl hat Recht! Er will sich seine Bedrängnis nicht anmerken lassen, doch seine Stimme kreischt hysterisch: „Hab ich dich endlich, du Sack! Jetzt musst du tun, was ich sage!" Er hat sich Charly weiter genähert. „Hände hoch!"

Der Angesprochene ist seinem Widersacher ebenfalls einen Schritt entgegen gekommen. Er steht etwa eine Armlänge von der Waffe entfernt. Er ist fast geneigt, zu schmunzeln. Dieser Kreuzner hat keine Chance - und er weiß es nicht.

Charly blickt plötzlich nach unten, als wäre ihm etwas hin-untergefallen.

Instinktiv blickt sein Kontrahent ebenfalls nach unten, die Mündung der Pistole folgt der Bewegung seiner Augen.

Unvermittelt greift Charly nach der Waffe und reißt sie mit einem heftigen Ruck an sich.

Frank Kreuzner ist schlagartig blass geworden, entsetzt blickt er der Waffe hinterher. Damit hat er nie gerechnet, es kommt ihm vor wie Zauberei, dabei war es nur eine unmerk-lich kurze Unaufmerksamkeit, die dieser Mistkerl ausgenutzt hat.

„So, mein Lieber. Jetzt ist alles wie vorher, nur umgekehrt. Hände hoch!" Charly dirigiert Kreuzners Hände mit der Pistole, so wie ein Dirigent sein Orchester mit dem Taktstock dirigiert.

Sein Kontrahent will nicht einsehen, dass er verloren hat. Er macht einen großen Satz nach vorne und bekommt mit dem Mut der Verzweiflung die Waffe zu fassen, er zieht am Lauf und versucht, sie ihm zu entreißen.

Doch Charly hält die Waffe fest wie ein Schraubstock, der Kreuzner hat nicht die Spur einer Chance. Er zerrt und wackelt an der Pistole, keucht und weint fast, weil nichts von dem funktioniert, was er geplant hat.

Doch plötzlich löst sich ein Schuss. Das Geschoss mit 12 Millimeter Durchmesser schlägt in das rechte Auge des Hausbesitzers ein und dringt am Hinterkopf wieder aus, um sich ein paar Meter weiter in den Erdboden zu bohren. Haare, Blut und Gehirn spritzen im Garten umher.

Charly hat es kommen sehen, er sieht sich hektisch um, ob jemand etwas gesehen, oder – noch wahrscheinlicher - gehört haben könnte. Aber es bleibt ruhig. Niemand ist zu sehen. Diese Ecke ist nur dünn besiedelt, Nachbarn oder Passanten sind so gut wie nie zu sehen.

„Scheiße!", schimpft er. „Dieser blöde Kerl! Wie kann man nur so dämlich sein!" Jetzt hat er Arbeit, um die Leiche loszuwerden. Es war ein Unglücksfall mit Kreuzners Waffe und Charly trifft ausnahmsweise keine Schuld. Aber das mach' den Cops mal klar. Er ist kein unbeschriebenes Blatt und man wird erstmal davon ausgehen, dass er Kreuzner das Licht mit Absicht ausgeblasen hat. Also die Spuren beseitigen und weg mit der Leiche und der Waffe, aber schnell.

Er hebt den Leichnam auf und legt ihn auf die Ladefläche des Pickups, die Waffe legt er daneben. Dann greift er wieder zu der Grabgabel und gräbt das besudelte Stück Garten um, damit wenigstens oberflächlich nichts mehr zu erkennen ist. Die Spurensicherung würde etwas finden, denen kann man nichts vormachen. Aber ein ungeübtes Auge soll nicht misstrauisch werden.

Wie weiter? Tagsüber kann er Kreuzners Leiche jedenfalls nicht in der Gegend herumfahren. Er legt eine Decke über den Toten und fährt nach Krautsand, um Angelina abzuholen.

Die Schwestern sind untröstlich, als er bei ihnen erscheint. „Ist es schon wieder soweit? Sie müssen uns die Kleine mal für länger lassen. Immer, wenn wir sie in unser Herz geschlossen haben, kommen Sie und nehmen uns unser Glück", sagt Stefanie, die lebhaftere der beiden alten Damen.

Ihre Schwester rügt sie. „Bedränge den Herrn nicht so, Stefanie."

„Iwo, das tut sie nicht, wir werden es einrichten, ganz bestimmt. Ich werde mit Julia darüber sprechen."

„Siehst du, Claudia, der Herr Charly versteht mich!" Und zu Charly: „Sie sind ein guter Mensch!"

Charly ist ganz verlegen. Als guter Mensch hat ihn noch niemand bezeichnet. Eher im Gegenteil.

Julchen kommt nach Hause. Sie herzt zuerst ihre Tochter, die ihre Ärmchen um sie schlingt. Für Charly gibt es ein Küsschen auf die Wange, tief beugt er sich nach unten und genießt den zarten Kuss, der ihn ein wenig an der Wange kitzelt.

„Ist etwas gewesen?", fragt Julia unbekümmert.

„Nein, gar nichts." Charly ist entspannt, der Tote belastet ihn nicht, zumal er nicht für dessen Tod verantwortlich ist. „Wenn du möchtest, kannst du dir den Bereich im Garten ansehen, den ich vom Unkraut befreit habe."

„So viel Arbeit hast du dir gemacht?" Julia ist überaus erfreut über das Ergebnis. Schön geharkt präsentiert sich der umgegrabene Teil, wie frisch vom Gärtner angelegt. „Da wird sich deine Bekannte freuen, wenn sie das sieht."

„Das denke ich auch. Wenn ich wüsste, womit ich ihr sonst noch helfen könnte, dann würde ich mich auch darum kümmern."

„Das ist schon gut so. Du bist ein Schatz!" Charly erhält noch einmal ein Küsschen auf die Wange, eine zarte Geste, die er genießt. Ja, so gefällt es ihm. Wenn sein Leben nur schon von Beginn an in solchen Bahnen verlaufen wäre – wer weiß, was aus ihm geworden wäre?

Der Abend naht, es beginnt zu dämmern. Es ist Ende August, dann ist es noch lange hell.

„Ich muss noch was erledigen", sagt Charly zu Julia und verlässt das Haus. Sie fragt nicht nach, sie würde ohnehin keine Antwort bekommen. Gerade, wenn er einem seiner seltsamen Pläne nachgeht, ist er stumm wie ein Fisch.

Er öffnet das Gartentor und fährt den Pickup auf die Straße. Sein Ziel ist der Kreidesee. Dort angekommen, stellt er sein Fahrzeug in der Nähe der Umspann-Station in der Herrlichkeitsstraße ab. Es wird schon ziemlich dunkel, jetzt muss er sich beeilen. Er hat eine Kneifzange dabei, mit der er den Maschendrahtzaun, der den See umgibt, aufschneidet.

Dann ist der Tote dran. Er bindet zuerst den Wagenheber aus dem Pickup am Bein fest. Der Heber taugt nicht viel, als Gewicht ist er jedoch gut zu gebrauchen. Charly durchsucht die Taschen des Toten nach Schlüsseln, Papieren - eben alles, womit man ihn später identifizieren könnte. Er findet lediglich den Schlüssel für dessen Porsche. Er nimmt ihn an sich, um das Auto wird er sich später kümmern. Er wickelt den Toten komplett in die Decke und umwickelt das Paket dann mit Bindedraht, den er bei den Gartengeräten gefunden hat. Er verbraucht die ganze Rolle. Dann lädt er sich den Toten über die Schulter, die Pistole steckt er in seinen Gürtel.

Den See hat er schnell erreicht, er beginnt etwa 30 Meter hinter dem Zaun. Hier befindet sich eine Abbruchkante, bis zum Wasser sind es etwa zehn Meter. Er legt den Toten auf den Boden und gibt ihm einen kleinen Stoß. Er rollt über die Kante und fällt nach unten, mit lautem Platschen fällt er in das Wasser, ein paar Sekunden gurgelt das Wasser, dann kehrt wieder Stille ein. Charly nimmt die Pistole und wirft sie mit einem kräftigen Schwung in den See. Die Wellen beruhigen sich allmählich, dann sieht es wieder so friedlich aus wie vorher. Die Oberfläche des Sees ist glatt wie ein Tuch.

Zufrieden geht Charly zu seinem Pickup zurück. Es dürfte lange dauern, bis der Tote gefunden wird, der See soll sehr tief sein und nur mit Spezialtauchausrüstung kann man den Grund erreichen.

Julia sieht kurz hoch, als er hereinkommt und sich zu ihr auf das Sofa setzt. „Hast du alles erledigt?"

Charly gibt einen Knurrlaut von sich. „Ja, es hat alles geklappt", ist seine kurze Antwort.

Die Entsorgung des Porsche Cayenne ist noch das einfachste. Er nimmt den Schlüssel und fährt mit dem Wagen zum Parkplatz des Bahnhofes von Hemmoor. So wie er das sieht, wird es nicht lange dauern, bis jemand bemerkt, dass in dem Auto ein Schlüssel im Schloss steckt. Dann wird jemand einsteigen, damit wegfahren und Charly hat kein Problem mehr damit.

Überraschung am Strand

Die Fahrradfahrer aus Hemmoor sind zu einer Ausfahrt aufgebrochen. Es ist Dienstag, es soll eine mittlere Tour werden, mit der Möglichkeit, Kaffee und Kuchen zu sich zu nehmen. Sie einigen sich auf eine Fahrt nach Krautsand. Das Wetter ist schön, man könnte den Blick auf die Elbe genießen.

Der Anführer hat sich eine schöne Strecke abseits der Bundesstraße ausgesucht. Die Fahrt startet in Osten, am Ostedeich entlang bis zur Großen Rönne, an dem Entwässerungsgraben entlang, der idyllischer ist, als sein Name ahnen lässt. Vorbei an Hüll entlang der Grünen Straße bis nach Dornbusch. Hinter einer stählernen Klappbrücke beginnt die Insel Krautsand. Auf einem separaten Fahrradweg abseits der asphaltierten Straße lässt es sich gut radeln.

Die Gruppe genießt die Tour, es weht ein leichter Wind von Westen, die Motoren an den Rädern verrichten unauffällig ihre Aufgabe. Die Radfreunde kennen sich untereinander gut. Wer ist verheiratet, verwitwet oder geschieden, wer hat Enkelkinder, die gelegentlich zu Besuch kommen. Diese Dinge sind voneinander bekannt und werden wohlwollend respektiert und neueste Ereignisse werden erzählt.

„Kommt deine Frau nachher zu unserem Treffen?", fragt Eva, die Frau von Klaus, ihren Kollegen Bernd Apel, der jetzt neben ihr fährt.

„Sie wollte kommen, wenn nichts dazwischen kommt. Krautsand ist für uns ideal, dort kann unser Hund im Sand spielen und im Wasser der Elbe schwimmen."

***

Bernd hat Recht gehabt. Maria Apel ist mit ihrem Auto auf der Bundesstraße Richtung Drochtersen unterwegs und wird wohl vor ihrem Mann und dessen Kollegen in Krautsand eintreffen. Ihr rotbrauner Hund steht schon aufgeregt im Kofferraum und sieht ungeduldig piepend aus dem Fenster.

„Einen Moment noch, Paula, wir sind gleich da", versucht sie, den piependen Hund zu beruhigen. Sie hält am Parkstreifen vor dem Deich und kauft zähneknirschend einen Parkschein. ‚Überall wird den Touristen das Geld aus der Tasche gezogen', schimpft sie leise vor sich hin. Sie nimmt die Tasche mit der Decke, dem Handtuch und dem Wasser für ihren Hund aus dem Auto, leint ihren vierbeinigen Gefährten an und geht die Stufen hinauf zum Deich. Der Blick zur Elbe lohnt auch weite Anfahrten. Sonnenstrahlen brechen sich glitzernd im Wasser, eine Möwe fliegt kreischend über den Deich, nur wenige Meter entfernt.

Paula sieht ihr verblüfft hinterher. ‚Nein, die hole ich nicht ein', scheint der Blick der klugen Hündin auszudrücken. Notgedrungen - wegen der Leine - folgt sie dem Frauchen bis an den Strand. Sie würde lieber wie eine Bekloppte zu den Menschen hier laufen und um Streicheleinheiten betteln.

Maria Apel breitet die Decke im Sand aus, stellt den Trinknapf für ihren Hund auf und füllt ihn mit Wasser aus der mitgebrachten Flasche.

Ihr Hund nutzt einen unbeobachteten Moment, um in der Nähe der Sträucher im Hintergrund ihr kleines Geschäft zu erledigen. Dann verschwindet sie im Gebüsch, mit der Nase am Boden.

„Paula! Paula, wo steckst du?", wird sie vom Frauchen gerufen. Normalerweise kann Maria sich darauf verlassen, dass Paula den Rückruf ernst nimmt. Eine Chance hat sie noch. Sie fischt die Hundepfeife aus der Tasche und bläst zweimal kurz hinein.

Nichts.

Die hat irgendetwas Interessantes gefunden und gräbt mit großem Eifer ein tiefes Loch in den Sand.

„Paula, komm! Hierher!" So langsam wird Maria ärgerlich. Ist der Hund taub? Der Sand fliegt in hohem Bogen durch die Luft, während sie ihre Nase tief in den weichen Boden steckt.

Doch – da ist etwas. Die Hündin packt ein Stück Leder mit den Zähnen und zerrt daran.

„Paula! Lass das sein und komm zurück!"

Doch Paula lässt nicht locker, jetzt hat sie einen Ärmel zu fassen und zieht ihn aus dem Sand. Es ist der Ärmel einer schwarzen Lederjacke – und es steckt ein Mensch darin!

Maria Apel glaubt, zu träumen. Sie bückt sich und sieht etwas genauer hin. Es ist kein Hirngespinst, ihre Paula hat offenbar einen Toten gefunden. Sie greift nach ihrem Handy und ruft die Polizei.

„Wir kommen, in zehn Minuten sind wir da", klingt die Stimme des Wachhabenden aus dem kleinen Lautsprecher. „Wenn Sie bitte dafür sorgen würden, dass niemand die Stelle betritt."

„Ja, ich, äh. Ja, das will ich gerne tun." Etwas verblüfft blickt sie auf das Handy. Hoffentlich wird man auf sie hören, sie kann schließlich keinen direkt daran hindern, diesen Teil des Strandes zu betreten, festhalten ist keine Option.

Zuerst muss sie Paula von der Leiche wegholen. Die Hündin schnüffelt aufgeregt und schwanzwedelnd an dem Toten. „Paula!! Komm jetzt sofort hierher!" ruft sie laut.

Paula hat verstanden. Wenn Frauchen so ruft, ist sie wirklich wütend. Sie bricht augenblicklich ihr Schnüffeln ab und trollt sich zu Frauchen. „So ist sie brav." Sie wird angeleint.

Schon wieder meldet sich das Handy. Etwas genervt greift sie danach. Es ist Bernd, ihr Mann. „Ach, du bist es. Fass dich kurz, hier geht alles drunter und drüber."

„Drunter und drüber? Ich wollte mich nur melden, wie verabredet. Wir Fahrradfahrer sind jetzt in Krautsand angekommen. Wir stehen mit unseren Fahrrädern an dem Plattenweg zum Anleger. Was ist denn bei dir los?"

Maria fällt ein riesengroßer Stein von der Seele. „Gott sei Dank bist du da. Du musst kommen und mir helfen. Ich bin bei den Sträuchern am Strand, etwa einhundert Meter flussabwärts."

Zehn Minuten später kommt Bernd auf sie zu. „Was ist denn, ist was passiert?"

„Das kann man wohl behaupten." Maria zeigt zu den Sträuchern. „Dort hat Paula eine Leiche ausgebuddelt. Ich soll hier aufpassen, bis die Polizei da ist."

Bernd reißt die Augen auf. „Eine Leiche? Hier? Himmel! Geht es dir gut? Du bist etwas blass um die Nase…"

„Es geht schon. Ich werde hier jetzt auf die Polizei warten."

„Gut, das kann ja nicht mehr lange dauern. Kann ich dir irgendwie helfen?"

„Du kannst mich trösten, ich habe mich zu Tode erschrocken."

Bernd nimmt seine Frau in den Arm und drückt sie sanft.

Zwei Polizisten sind am Weg zum Strand zu erkennen. „Da sind sie ja!", ruft Maria und winkt auffällig mit den Armen.

Die beiden Uniformierten beschleunigen ihren Schritt und erreichen Bernd und Maria. „Guten Tag. Wir sind die Polizeikommissare Lechmann und Söhnke von der Polizeiwache in Drochtersen." Er streckt Maria seine Hand entgegen. „Lechmann."

„Ich bin so froh, dass Sie da sind und die Verantwortung übernehmen."

„Das glaube ich Ihnen. Nun erzählen Sie mal, was passiert ist."

Polizist Lechmann macht sich Notizen, mit Bleistift auf einen kleinen Block. „Wann hat ihr Hund den Toten entdeckt"

„Das war vor ziemlich genau einer halben Stunde, etwa zehn Minuten, bevor ich Sie angerufen habe."

Er blickt wieder hoch. „Ist Ihnen etwas Ungewöhnliches aufgefallen?"

„Ja! Da vorne liegt ein Toter!"

Maria bedeckt die Augen mit den Händen. „Entschuldigen Sie bitte, Sie meinen außer der Leiche. Ich bin völlig fertig. Nein, ich habe sonst nichts Auffälliges bemerkt. Ich bin aber seit Wochen nicht mehr hier gewesen. Da sollten Sie die Gäste fragen, die öfter hier sind."

„Das ist richtig. Mein Kollege und ich werden uns auf die Socken machen."

Allmählich füllt sich dieser Teil des Strandes mit Schaulustigen. Die Polizeikommissare müssen immer wieder allzu Aufdringliche davon abhalten, den Fundort der Leiche zu betreten, oder – noch schlimmer – mit ihren Handys zu filmen. Lechmann kann es nicht ausstehen, wenn bei solchen Anlässen gefilmt wird. „Sag mal, Heiner, kannst du nicht die Rolle Absperrband aus unserem Auto holen? Früher oder später müssen wir das sowieso machen. Und ruf auf der Wache an, die sollen schnellstmöglich ein Zelt oder eine Plane herbringen, damit wir den Tatort abschirmen können, sonst ist die Sache hier in einer Stunde im Internet zu finden."

Sein Kollege zieht von dannen.

Einer der Zuschauer ruft: „Ich kenn' den. Das ist Marcel Obermann!"

„Wirklich? Das ist eine wichtige Information für uns. Kommen Sie mal zu uns rüber. Hey! Sie! Hören Sie sofort mit der Filmerei auf!" Er raucht vor Zorn. „Würden Sie mir bitte Ihren Namen sagen?", kehrt er zu dem Zeugen zurück.

„Ja, klar. Der Polizei muss man doch helfen."

„Das geht mir runter wie Öl. Was meinen Sie, was wir sonst zu hören bekommen."

Der Strandgast heißt Philipp Reiser und wohnt in Drochtersen. Er kennt den Obermann von gelegentlichen Begegnungen. Der Polizist notiert sich das, sowie die Anschrift und Telefonnummer des Zeugen.

Die Kriminalpolizei trifft ein. Man erkennt sie nicht sofort als solche, es ist lediglich der deplatziert wirkende Anzug, den beide tragen. Es ist ein älterer Herr, der kurz vor dem Ruhestand stehen dürfte, er trägt dunkle Haare und einen Bart, es sind schon zahlreiche graue Strähnen vorhanden.

Der jüngere Kollege mag Mitte vierzig sein, er ist erst seit kurzem in Stade dabei, bisher hat er bei der Polizeiinspektion in Kiel seinen Dienst verrichtet.

Der Ältere der beiden wendet sich an Polizist Lechmann. „Hallo, Wolfgang, schön euch zu sehen. Nun zeige uns doch mal den Fundort."

„Es ist gleich hier." Er zeigt auf Maria Rieper. „Diese Frau, beziehungsweise deren Hund, hat den Toten gefunden."

Der Kriminalist wendet sich an Maria. „Guten Tag. Ich bin Kriminalhauptkommissar Ebert, das ist mein Kollege, Kriminalkommissar Klaus Hölting. Erzählen Sie doch mal, wie ist das abgelaufen?"

Maria holt Luft. „Das war so. Mein Hund Paula hat angefangen zu graben und einen Teil des Toten freigelegt. Ich habe dann die Polizei gerufen. Viel mehr kann ich nicht dazu sagen, ich bin eigentlich nur zufällig hier."

„Okay. Wir werden die Spurensicherung und den Pathologen informieren, wir müssen unbedingt alle Details festhalten. Der Tote scheint wohl schon etwas länger hier zu liegen. Kannst du dich darum kümmern, Klaus?"

Klaus nimmt sein Handy und tätigt ein paar Anrufe. „Okay, Chef, es wird wohl noch etwas dauern."

„Gut. Dann lass uns mal den Toten aus der Nähe betrachten." Er geht bis auf einen Schritt an die Leiche heran und bückt sich so tief, wie es möglich ist, ohne umzufallen. „Hm, viel ist nicht zu sehen. Wir müssen warten, bis der Tote vollständig freigelegt ist. Sieh mal zu, ob wir im Auto etwas zum Abdecken haben. Bis dahin können wir die Umstehenden befragen, ob ihnen in der letzten Zeit etwas aufgefallen ist. Fangen wir doch bei Herrn Reiser an, der hat den Toten offenbar erkannt."

Der Strandgast erklärt ausführlich, woher er den Mann kennt. Zu den Umständen des Todes kann er nichts sagen, er war zufällig in der Nähe, als er gefunden worden ist.

Die Kollegen von der Kriminaltechnik erscheinen. Sie blicken sich skeptisch um und registrieren die vielen Spuren im Sand. „Hätte man das nicht besser schützen können?", brummt der ältere der beiden Techniker, Holger Feindt. Sein Bauch passt gerade eben in den weißen Overall, in den er sich gequält hat. Sein Kollege, Hanno Gräwer, gibt eine deutlich bessere Figur ab.

„Jetzt hör' aber auf! Der Tote wurde von einem Hund ausgegraben, der hat nichts von Kriminaltechnik oder sowas gewusst."

„Ja," merkt Holger Feindt an, „Die gehen ja bekanntlich über Leichen."

Maria zuckt zusammen. „Tut mir leid," sagt Kommissar Lechmann. „Die Kollegen von der Kriminaltechnik und die Pathologen sind sehr robust."

Sie beginnen ihre Arbeit und sichern die Spuren in unmittelbarer Nähe der Leiche.

Der Pathologe erscheint. „Ich komme gerne hierher, aber wegen einer Leiche? Das war doch wohl nicht nötig."

Kommissar Ebert spricht ihn als erster an. „Hallo, Julius. Schön, dich mal wieder zu sehen. Deine gute Laune ist geradezu erfrischend."

„Mach du dich nur lustig. Du kannst dich noch in die Sonne legen, währenddessen ich in einen teilweise verwesten Toten kriechen darf."

An dieser Stelle führt Bernd Apel seine Frau davon.

„Erstens lege ich mich nie in die Sonne, außerdem weißt du, wie gespannt wir auf dein geschätztes Urteil warten."

„Du willst mich wieder unter Zeitdruck setzen, das wird dir auch dieses Mal nicht gelingen. Du musst dich schon gedulden."

Wolfgang Ebert kennt den Rechtsmediziner seit fast zehn Jahren. Er ist eine Koryphäe auf seinem Gebiet, will aber gerne gelobt werden.

Die Spurentechniker haben ihre Arbeit beendet.

„Habt ihr etwas gefunden? Vielleicht die Waffe?", fragt der Hauptkommissar seine Kollegen.

„Tut uns leid, Wolfgang. Wir haben ein paar Blutspuren sichergestellt, die dürften jedoch vom Toten stammen. Ansonsten ist alles Fehlanzeige, nach den paar Tagen Regen in den letzten Tagen ist im Sand keine einzige Spur mehr vorhanden."

„Danke dir, Holger, für eure Mühe."

Der Pathologe hat etwas mehr anzubieten. „Der Mann ist erstochen worden. Ein präziser Stich von einem Künstler, der Herzbeutel wurde perfekt penetriert. Wenn ich ihn auf dem Tisch habe, kann ich mehr Details zu dem Tatwerkzeug angeben."

„Kannst du etwas zum Todeszeitpunkt sagen?"

„Der Mann ist einige Tage tot, da kann ich nur grob schätzen. Ich würde sagen, er liegt hier seit ein bis zwei Wochen."

„Du kannst einem richtig Hoffnung machen."

„Ich kann nichts dafür, ruft mich das nächste Mal früher, am besten direkt nach dem Mord." Der Doktor winkt kurz und geht mit seiner Tasche zum Parkplatz.

„Tja, Klaus. Das sieht nicht einfach aus für uns. Wir werden die Gäste am Strand befragen. Vielleicht kann uns jemand einen Hinweis geben."

„Immerhin wissen wir, wer der Ermordete ist, das ist doch was."

„Schon, ja, stimmt."

146

Zwei Tage später ist den Kriminalisten klar, dass hier gar nichts klar ist. Die Badegäste haben Marcel Obermann ab und zu beobachtet, aber niemand hat etwas Auffälliges bemerkt. Kein Streit und keine Meinungsverschiedenheit. Dass er ein Motorrad gefahren hat, war bekannt.

„Vielleicht war es die Rache einer Person vom Kiez in Hamburg?", vermutet Klaus Hölting. „Der Obermann hat doch da seinen Lebensmittelpunkt gehabt. Oder ein Bandenkrieg zwischen Motorradclubs?"

„Vielleicht, ich halte das jedoch für unwahrscheinlich. Er hat auf dem Kiez eine Schwester gehabt, die könntest du mal aufsuchen und dazu befragen."

„Okay, Chef. Ich werde mich mal bei der anmelden. Weiß sie, dass ihr Bruder tot ist? Oder muss ich ihr das mitteilen?"

„Keine Ahnung, frag die Kollegen."

***

Charly ist wieder einmal mit Julia und Angelina in Krautsand. Sie sind schon mit ihr am Wasser gewesen. Sie haben beide je eine Hand der Kleinen gehalten und sie sorgfältig festgehalten. Das Mädchen hat Vertrauen zu ihrer Mutter und Charly und weiß, dass die Erwachsenen auf sie aufpassen. Deshalb hat sie keine Angst vor dem Wasser.

Julia und Charly können kaum fassen, wieviel Zufriedenheit es bringt, nur hier, am Wasser und Strand, beisammen zu sein. Eine Zufriedenheit, die sie beide in ihrer Kindheit nicht erlebt haben. Da gab es nur Mangel, Lieblosigkeit und Gleichgültigkeit. Bei Charly und auch bei Julia hat sich niemand Gedanken gemacht, womit man den Kindern eine Freude machen könnte. Vielleicht, weil die Eltern selbst so unglücklich waren.

Nun genießen Charly und Julia umso mehr das Glück mit ihrer kleinen Begleiterin und nehmen es in sich auf.

Die Schwestern Stefanie und Claudia stehen am Strand, als die drei aus dem Wasser zurückkommen. „Wir haben euch gesehen und sind gekommen, um euch zu empfangen", sagt Claudia in ihrer steifen, vornehmen Art.

Alle begrüßen sich überschwänglich. Selbst Charly hat inzwischen die Umarmungen akzeptiert. Vor einem halben Jahr wäre ihm so viel Zuneigung unangenehm gewesen. Stefanie hat ihm sogar mal durchs Haar gestrubbelt! Angelina hat mit ihrer unverfälschten, kindlichen Freude sein steinhartes Herz erweicht.

„Vor zwei Tagen war hier ordentlich was los", weiß Stefanie.

„Ja, man hat einen Toten gefunden", ergänzt Claudia. „Es war dieser Motorradfahrer, den hat man im Sand vergraben gefunden."

Charly zuckt zusammen. Das ging schneller, als er erwartet hat. Er atmet tief durch. Was soll 's, zu ihm führt keine Spur. Etwas beunruhigt ist er jedoch schon. Er schüttelt die dunklen Ahnungen ab, die von ihm Besitz ergreifen wollen und beteiligt sich fast normal am Gespräch mit Julia und den Schwestern.

Am Abend gibt es auf der Terrasse von Stefanie und Claudia etwas vom Grill. Es wird von allen sehr gelobt.

Es beginnt schon zu dämmern, als sie sich auf den Weg nach Hause machen. Der Hauptgrund für den Aufbruch ist Angelina, sie konnte am Ende kaum noch ihre Augen offenhalten.

Charly blickt immer wieder misstrauisch in den Rückspiegel. „Sag mal, werden wir etwa verfolgt?", wendet er sich an seine Beifahrerin.

Sie dreht sich um und blickt durch das Rückfenster nach hinten. „Ich habe nichts bemerkt, ich habe hier keinen Spiegel wie du. Meinst du den roten Wagen, etwa einhundert Meter hinter uns?"

Charly nickt. Der rote Wagen ist ein Ford Mustang, solche Autos sind selten. Es sind aber auch typische Fahrzeuge der Verbrecher vom Kiez, die gönnen sich gerne einen leistungsstarken Wagen, um damit protzen zu können. „Ich werde hier abbiegen, mal sehen, wie er darauf reagiert. Du kannst dabei versuchen, das Nummernschild zu erkennen."

Charly biegt in die erste der beiden Abfahrten nach Osten ab. Er beobachtet konzentriert den vermeintlichen Verfolger im Rückspiegel, Julia dreht sich um und verfolgt das rote Auto mit ihren Blicken.

Der rote Mustang fährt geradeaus weiter. „Ich glaube, du siehst Gespenster", gibt sie ihre Erkenntnisse an Charly weiter.

„Ich hoffe, du hast recht. Konntest du das Nummernschild erkennen?"

„Nur zum Teil, es war ein Hamburger Kennzeichen", antwortet sie unbekümmert.

Charly bekommt einen Riesenschreck. Hamburg! Das war doch totsicher einer der Gauner vom Kiez. Ein Ford Mustang aus Hamburg, die werden dort fast ausschließlich von den zwielichtigen Typen verwendet. Er hofft sehr, dass es nichts bedeuten möge, vielleicht ist der Fahrer dieses Autos harmlos. Es fällt ihm jedoch schwer, das zu glauben.

Charly fährt durch Osten und kehrt an der zweiten Abfahrt wieder auf die Bundesstraße 495 zurück. „Siehst du noch etwas?", fragt er Julia.

„Nein, ich sehe kein rotes Auto und erst recht keinen roten Mustang."

Charly ist nicht beruhigt. Wenn es ein geübter Verfolger war, dann ist es nicht einfach, ihn abzuschütteln.

Er sollte recht behalten, ein Stück zurück parkt der rote Wagen auf einem Feldweg, verborgen hinter einigen Obstbäumen.

**

Klaus Hölting fährt mit dem Dienstwagen zur Reeperbahn. Er hat mit Vanessa Obermann einen Termin vereinbaren können.

Klaus Hölting stellt erstaunt fest, dass Vanessa Obermann eine Prostituierte ist, als er ihre Wohnung betritt und sie begrüßt. Er erhält ein Küsschen auf die Wange. Das ist ihm ein wenig unangenehm. Vielleicht ist von ihrem dick aufgetragenen Lippenstift etwas auf seiner Wange zurückgeblieben, was seine Frau später bemerken könnte. Er nimmt sich vor, sein Gesicht bei der nächsten Gelegenheit zu kontrollieren.

Vanessa Obermann ist hübsch, lange, braune Haare fallen auf ihre Schulter. Sie trägt einen kurzen Rock und ist stark geschminkt, Zeugnisse ihrer Tätigkeit.

„Was gibt es, dass Sie mich aufsuchen?" Sie mustert ihn neugierig mit großen, dunklen Rehaugen.

„Wie ich am Telefon schon angedeutet habe, es geht um ihren Bruder. Wie ich sagte, ist er gewaltsam zu Tode gekommen." Dankeswerterweise hat ein Kollege von der Davidwache die Nachricht vom Tod ihres Bruders überbracht. „Wir – wie Sie sicher auch – sind daran interessiert, den Täter ausfindig zu machen. Bisher haben wir kaum Brauchbares. Ich hoffe sehr

darauf, dass Sie mir mit ein paar Hinweisen weiterhelfen können."

Der Schleier der Trauer huscht über ihr Gesicht. „Ja, mein
Bruder Marcel. Wir standen uns nie besonders nahe. Seitdem
er nach Drochtersen gezogen ist, ist unser Kontakt fast abgeris-
sen. Wir haben uns nur gelegentlich besucht."

„Wann haben Sie ihn denn zum letzten Mal gesehen?"

„Das ist etwa vier Wochen her. Moment bitte." Sie greift
nach ihrem Handy und sucht im Kalender herum. „Ja, hier. Er
war am 13. Juli bei mir."

Der Kriminalbeamte räuspert sich, bevor er wieder spricht.
„Das war vor fast vier Wochen, das kommt in etwa hin. Können Sie sich daran erinnern, worüber Sie gesprochen haben?"

Daran kann sie sich gut erinnern, schließlich hat sie Marcels
Beobachtungen haarklein an ihren Freund, Dimitri Petrow,
weitergegeben. Hängt Marcels Tod etwa mit diesen Informationen zusammen? Erschrocken hebt sie eine Hand an ihren
Mund.

Dem Kriminalkommissar ist diese Geste nicht verborgen
geblieben. „Können Sie sich daran erinnern?"

Vanessa muss einen Moment ihre Gedanken ordnen. „Ja,
das weiß ich noch. Marcel hat mir von einer Begegnung am
Strand von Krautsand erzählt. Er hat dort offenbar eine Person
beobachtet, die Karl Kaufmann gewesen sein könnte."

„Karl Kaufmann?", hakt der Kommissar nach. Er macht
sich eifrig Notizen.

„Ja, der. Wir nannten ihn Charly. Er hat die Drecksarbeiten
für Victor Gargarin erledigt. Seit einem Vierteljahr ist er verschwunden. Ihm würde ich einen Mord zutrauen. Was er gegen Marcel gehabt haben könnte, weiß ich aber absolut nicht,
da fällt mir nichts ein."

„Den Kaufmann habe ich mir notiert. Fällt Ihnen sonst noch etwas ein?"

„Tut mir leid. Ich zermartere mir schon mein Gehirn. Marcel hat keine Feinde gehabt, er hat sich aus dem Klüngel vom Kiez herausgehalten." Und ausgerechnet sie musste ihn offenbar irgendeinem Mörder ausliefern, ihr fällt jedoch kein einziger Grund ein, warum jemand Marcel tot sehen wollte.

***

Kaum zurück im Kommissariat in Stade, berichtet Klaus Hölting seinem Chef, Wolfgang Ebert, von seinem Gespräch mit der Schwester des Toten. „Ich habe mich über diesen Karl Kaufmann kundig gemacht. Der ist beileibe kein unbeschriebenes Blatt. Fünf Jahre wegen Totschlags ist der dickste Posten, dazu noch eine Menge kleinerer Delikte."

„Vielleicht gibt es in der Vorstrafenakte einen Hinweis, der uns weiterbringen kann. Hast du die Adresse?"

„Nein, das ist das Problem. Der Mann ist irgendwann vor ein paar Wochen von der Bildfläche verschwunden. Niemand weiß, wo er ist. Er wohnt offenbar in einem Wohnwagen, ohne Eintrag in den Melderegistern. Vor zwei Monaten hat man ihn zur Fahndung ausgeschrieben, bisher ohne Erfolg."

„Das klingt nicht vielversprechend. Wir wissen aber, dass er mal in Krautsand gewesen ist und mit Marcel Obermann gesprochen hat. Was hältst du davon, wenn wir die Insel Krautsand einmal am Tag von der Polizei kontrollieren lassen würden?", schlägt Kriminalhauptkommissar Ebert vor.

„Davon halte ich viel. Ich ruf' gleich Polizeikommissar Lechmann an und bespreche die Sache mit ihm."

Taucher im Kreidesee

Der Kreidesee bei Hemmoor gilt als eine der schönsten Tauchbasen der Welt. Es handelt sich dabei um eine mit Wasser vollgelaufene Grube, in der in den Jahren 1862-1976 Kreide für die Herstellung von Zement abgebaut wurde. Reste der ehemaligen Fabrikanlagen, ein LKW, ein Segelboot, ein kleines Flugzeug sind einige der Schaustücke, die es für die Taucher zu sehen gibt. 30.000 Taucher kommen jedes Jahr, um in dem kristallklaren Wasser ihrem Hobby zu frönen.

Jetzt sind zwei dabei, ihren Tauchgang zu beginnen. Es sind zwei Freunde aus Bochum, Günter Bock und Helmut Frobiss.

„Was machen wir heute?", fragt Helmut den zwei Jahre jüngeren Freund.

„Lass uns doch mal eine Ecke erkunden, die wir noch nicht gesehen haben." Sie beschließen, die Tiefe in der Mitte der Westseite zu untersuchen. „Vielleicht finden wir etwas, was andere noch nicht entdeckt haben!", ruft Helmut seinem Freund zu, der zum wiederholten Mal die Druckanzeige seiner Luftflasche kontrolliert.

„Das glaube ich kaum. Weißt du, wie viele Taucher hier jede Ecke abgesucht haben? Aber meinetwegen, wir gucken uns das mal an."

Sie blicken sich zum letzten Mal über Wasser an, nicken, und tauchen in das kristallklare Wasser. Die Sicht ist unglaublich gut, das Wasser ist so klar, dass man 25 Meter weit sehen kann. Langsam schwimmen sie hinunter an der Abbruchkante des Westufers in etwa zwanzig Meter Tiefe entlang.

Es ist völlig still, einer der Vorzüge, die ihnen an ihrem Hobby gefällt. Hier unten herrscht Friede. In der Ferne ist ein Schwarm Fische zu sehen.

Günter bemerkt in größerer Tiefe ein Bündel, das fast am Boden, in etwa vierzig Meter Tiefe auf einem kleinen Absatz liegt. Ein weiteres Relikt aus vergangenen Zeiten? Er fragt seinen Freund Helmut pantomimisch, ob er Interesse hat, sich das Paket näher anzusehen, der nickt und reckt seinen Daumen in die Luft, das wollen sie sich ansehen.

Das ‚Ding‘ schwimmt nicht, es schwebt. Es wird von einer Kette, oder etwas Ähnlichem, gehalten, die an einem Gegenstand im Sand der Kante steckt.

Das Bündel ist etwa zwei Meter lang und einer Rolle, einem Teppich vielleicht, nicht unähnlich.

Die beiden Freunde sehen sich irritiert an und nähern sich vorsichtig. Günter berührt den Gegenstand und sucht nach einer Stelle, um die Verpackung zu lösen. Er zieht an einer Art Webstoff, bis sich eine kleine Ecke löst. Beide Männer blicken auf die etwa zwanzig mal zwanzig Zentimeter große Stelle. Zunächst können sie das, was sie sehen, nicht einordnen. Ein Stoff vielleicht. Und ein Stück blasses Material, eine Tasche? Günter berührt den blassgelben Bereich und fährt zurück. Er gestikuliert wild in Richtung seines Freundes und fährt immer wieder mit seiner gestreckten Hand über seinen Hals. Helmut reißt die Augen auf und ahmt die Geste nach. 'Tod?' soll sie heißen. Günter nickt. Es ist eine menschliche Leiche! So schnell sie können und unter Berücksichtigung der maximal möglichen Auftauchgeschwindigkeit schwimmen sie nach oben. Die Wartezeiten, um den nötigen Druckausgleich durchzuführen, zerren an ihren Nerven.

Endlich oben angekommen, werfen sie die Tauchausrüstung von sich, und eilen so schnell wie möglich zur Zentrale der Tauchbasis.

„Da unten liegt ein Toter!", ruft Helmut, kaum, dass sie die Tür zur Rezeption aufgestoßen haben.

„Ja, die Polizei muss kommen!", ergänzt Günter, außer Atem.

Die Angestellte sieht sie mit großen Augen an. „Seid Ihr sicher? Vielleicht ist es nur ein Stück eines Baumes oder der Rest einer Abstützung?"

„Nein, nein!", beharren sie beide ungeduldig. „Du musst die Polizei rufen – jetzt!"

Die Polizei aus Hemmoor trifft nach einer Viertelstunde in der Tauchbasis ein. Die beiden Freunde haben sich ihre Tauchanzüge ausgezogen und warten in ihrer Alltagskleidung auf die Uniformierten.

„Sie sind sich ganz sicher, dass es sich bei Ihrem Fund um eine menschliche Leiche handelt?", fragt der eine der beiden Polizisten. „In vierzig Meter Tiefe ist es nicht mehr sehr hell, wer weiß, was das gewesen ist. Tatsache ist, dass es ein Riesenaufwand ist, einen Taucher der Polizei zu beauftragen, der diesen Fund untersucht."

„Das mag ja alles sein. Ich sage Ihnen – es ist eine Leiche." Günter lässt sich nicht beirren.

„Unser Geschäftsführer war mal Taucher bei der Polizei", schlägt die Angestellte vor. „Ich gehe ihn mal suchen, er dürfte in seinem Büro sein."

„Gute Idee, das erspart uns viel Wartezeit", bedankt sich der Polizist.

Am selben Tag, es geht auf 18 Uhr zu, steigt der Geschäftsführer aus dem Wasser. „Es ist eine Leiche", bestätigt er die Beobachtung der beiden Hobbytaucher. „Wir müssen uns jetzt darum kümmern, dass sie so schnell wie möglich geborgen wird. Heute wird das nichts mehr, bis die Bergungsleute hier sind, ist es dunkel."

Unter großem Aufgebot von Polizisten, zwei Tauchern und der Kriminalpolizei aus Stade, wird der Tote geborgen.

Der Pathologe ist ebenfalls zugegen, er unterzieht den Toten einer ersten, vorläufigen Untersuchung. „Er dürfte seit zwei Wochen dort unten gelegen haben. Er ist nicht ertrunken, sondern an einer Schussverletzung gestorben." Dabei sieht er die Kollegen der Kriminalpolizei an. „Sie sind also nicht umsonst hier." Er greift nach seiner Tasche. „Nähere Einzelheiten erfahren Sie von mir nicht vor morgen Mittag." Er winkt zum Abschied und geht zu seinem Auto.

Es sind Kriminalhauptkommissar Wolfgang Ebert und sein Mitarbeiter Klaus Hölting, die sich auf den Weg zum Kreidesee machen mussten. „Dieses Mal ist es offenbar kein Unfall, wie sonst immer", fasst der alte Leiter der Mordkommission zusammen.

„Du meinst, wegen der Taucher, die hier umgekommen sind?"

„Genau. Immerhin neun Tote."

„Das stimmt, neun von 30.000 Tauchern, die hier jährlich abtauchen. Außerdem war es, soviel ich weiß, fast immer die unpassende Ausrüstung, Überschätzung der eigenen Kräfte und mangelnde Sachkenntnis, die zum Tod führten."

„Ja, finde ich trotzdem schrecklich."

„Beim Tauchen ist der Mann jedenfalls nicht umgekommen, da war er schon tot. Das heißt, dass für uns die Arbeit erst beginnt", resümiert der Kollege. „Bis jetzt haben wir keinen Anhaltspunkt, wer der Tote ist. Er hat überhaupt nichts dabeigehabt, keinen Ausweis, keinen Führerschein."

„Das könnte schwierig werden. Ist immer blöd, wenn man schon bei der Identifizierung des Toten auf der Stelle tritt. Aber nicht aufgeben, vielleicht findet sich bei den vermissten Personen eine Übereinstimmung."

„Ja, Chef, ich mach mich gleich dran." Klaus Hölting seufzt, viel Arbeit wird es auf jeden Fall sein.

Nach der Bergung der Leiche wird der See in der Umgebung des Fundortes der Leiche von zwei Tauchern mit einem Metallsuchgerät abgesucht, das ist bei solchen Tatorten der Normalfall. Nach Stunden des Suchens findet man am Fuß der Abbruchkante, mittlerweile von Sand überdeckt, eine Pistole im Kaliber 45.

In der Liste der vermissten Personen wird Kommissar Hölting schließlich fündig. Ein Frank Kreuzner ist vor einer Woche von seinem Sohn als vermisst gemeldet worden. Größe sowie Alter stimmen mit der Leiche aus dem Kreidesee überein.

„Was sagen Sie nun, Chef? Das ist doch immerhin etwas. Ich werde mit dem Sohn Kontakt aufnehmen, vielleicht muss er nach Stade kommen, um seinen Vater zu identifizieren."

„Stefan Kreuzner, Sie wünschen bitte?" Der junge Mann am Telefon ist arglos.

„Kriminalpolizei Stade, Sie sprechen mit Kriminalkommissar Hölting.

„Wissen Sie etwas über meinen Vater? Ich habe die Vermisstenanzeige vor einer Woche aufgegeben."

„Ja, es geht um Ihren Vater." Klaus Hölting schluckt. Das Überbringen von Todesnachrichten fällt ihm immer noch schwer, selbst nach Jahren der Übung. „Es sind jedoch keine guten Nachrichten, die ich für Sie habe."

„Oh. Lassen Sie hören, was Sie haben. Eine Nachricht, auch wenn sie schlecht ist, ist besser als gar keine."

Klaus Hölting berichtet von der gefundenen Leiche in der Kreidegrube.

„Tot? Und in einem See versenkt?" Stefan Kreuzner atmet schwer. „Das verstehe ich nicht. Wer macht denn sowas?"

„Das wollen wir so schnell wie möglich herausfinden. Zur Bestätigung der Identität ihres Vaters ist Ihre Anwesenheit in Stade nötig. Außerdem möchten wir mit Ihnen sprechen, um herauszufinden, wer Ihren Vater getötet hat – wenn er es denn ist." Der Kriminalkommissar gibt die Adresse des Kommissariats und die der Pathologie im Elbe-Klinikum an, dann ist das Gespräch beendet.

Der junge Mann nickt, dann deckt der Pathologe das weiße Tuch wieder über den Toten.

„Ist es Ihr Vater?", fragt Klaus Hölting.

„Ja, ohne Zweifel." Der junge Herr Kreuzner wischt sich kurz über die Augen. Es ist mehr ein Reflex, als eine Notwendigkeit.

„Gut – oder auch nicht." Der Kommissar fertigt eine Notiz an, dann ist die Prozedur beendet. „Sind Sie jetzt in der Lage, ein paar Fragen zu beantworten?"

Stefan Kreuzner ist schweigsam, er nickt lediglich und folgt wortlos dem Kommissar.

In der Polizeiinspektion Stade wartet sein Chef, Kriminalhauptkommissar Ebert, bereits auf seinen Mitarbeiter und den Sohn des Ermordeten.

Klaus Hölting nickt Zustimmung, als ihn sein Chef fragend mustert. „Ja, er ist es. Damit sind wir einen wichtigen Schritt weitergekommen."

Stefan Kreuzner nimmt Platz, währenddessen eilt der Kriminalkommissar in die Kantine, um Kaffee für sie zu besorgen.

„Es tut uns leid, dass wir Sie in so einer tragischen Situation mit unseren Fragen behelligen müssen. Sie werden sicher einsehen, dass es notwendig ist", begründet der Leiter der Mordkommission die Einladung.

„Klar doch. Ich werde mich bemühen, Ihre Fragen zu beantworten."

„Danke, das wird uns bestimmt weiterhelfen."

In dem Moment kommt der Kriminalkommissar mit einem Tablett, Kaffee und drei Tassen zurück. „Lehnen Sie sich zurück und atmen Sie durch", ermuntert Klaus Hölting Stefan Kreuzner.

„Erzählen Sie uns bitte alles über Ihren Vater", fordert ihn Wolfgang Ebert auf. „Was war er für ein Mensch? Hat er Feinde gehabt, Probleme mit bestimmten Personen? Jedes Detail, auch wenn es Ihnen unwichtig erscheint, könnte uns weiterhelfen."

Stefan Kreuzner nimmt einen Schluck Kaffee. „Oh, der schmeckt aber gut. Meinen Glückwunsch an Ihre Küche." Er schweigt einen Moment, starrt in seine Tasse und sortiert seine

Gedanken. „Mein Vater hat mit vielen Menschen im Streit gelegen. Nachbarn, Arbeitskollegen – die Liste ist lang."

„Ist da jemand, der Ihnen durch besondere Abneigung aufgefallen ist?", fragt der Hauptkommissar.

„Einige. In der letzten Zeit hauptsächlich der Mann, der das Haus gemietet hat, in dem – wenn es nach dem Wunsch meines Vaters gegangen wäre – ich eine Boutique hätte einrichten können."

„Ach! War das nicht in Ihrem Sinne?", muss Klaus Hölting jetzt wissen.

„Nein. Was soll ich mit einer Mode-Boutique in so einem abgelegenen Nest wie Westersode? Mir schwebt Cuxhaven als Location vor. Aber mein Vater wollte unbedingt in das Haus an der Dorfstraße. Der Mieter hat dort inzwischen ein Fahrradgeschäft eingerichtet. Mein Vater hat sich mit dem Inhaber gestritten und wollte sogar illegale Methoden anwenden, um den Inhaber des Fahrradgeschäftes zur Kündigung zu drängen, denn das Gesetz war klar auf der Seite des Mieters."

„Meinen Sie, dieser Geschäftsinhaber könnte Ihren Vater ermordet haben?", fragt jetzt der Hauptkommissar.

„So etwas kann man nie wissen, bestenfalls vermuten. Ich halte es für unwahrscheinlich, ein Streit vor Gericht wäre mir sinnvoller erschienen."

Wolfgang Ebert schüttelt den Kopf. „Was meinen Sie, aus welchen Gründen Menschen morden? Da gibt es durchaus noch geringere Gründe. Wie heißt denn dieser Mann? Wir werden prüfen, ob er als Täter in Frage kommt."

„Ich bin mir nicht sicher. Er heißt Heidecker oder so. Das Geschäft, um das der Streit ging, befindet sich in der Westersoder Dorfstraße. Es liegt gegenüber der ehemaligen Schinkenklause, da können Ihnen sicher die Anwohner helfen."

„Wir sind von der Polizei, das bekommen wir leicht heraus", entgegnet der alte Kommissar selbstbewusst.

***

So ist es. Der Mann heißt Heidmann und betreibt ein Fahrradgeschäft. Der Zeuge meinte, es läge an der Westersoder Dorfstraße.

„Ich fahre da mal hin", teilt Klaus Hölting seinem Chef mit.

Der Weg von Stade nach Hemmoor dauert länger, als Hölting gedacht hat. Die vielen Lastkraftwagen auf der Bundesstraße 73 verhindern ein zügiges Vorankommen. Doch schließlich hat der Kommissar sein Ziel erreicht. Er parkt den Dienstwagen und betritt das Fahrradgeschäft.

Eine hübsche, junge Frau steht hinter dem Tresen und blickt ihn mit blauen Augen an. „Guten Tag. Was können wir für Sie tun?"

Klaus Hölting zeigt seinen Dienstausweis. „Ich bin von der Kriminalpolizei Stade und möchte Herrn Heidmann als möglichen Zeugen sprechen. Ist er hier zu erreichen?"

Die junge Frau nickt. „Das ist richtig, er ist in der Werkstatt. Wenn Sie einen Moment warten mögen?" Sie öffnet eine Tür im hinteren Teil des Ladens. „Tobias? Da ist jemand von der Polizei, der dich sprechen will."

Der Inhaber kommt, sie zögert einen Moment, ihre Lippen umspielt ein Grinsen. „Hast du was angestellt und wirst du jetzt gesucht?"

Tobias Heidmann mustert den Polizisten mit Skepsis. Was will der von ihm? Ist es eventuell eine weitere Schikane des

Hausbesitzers? „Was kann ich für Sie tun?" Seine Hände sind schmutzig, so dass er lediglich eine Hand zum Gruß hebt.

„Sie kennen Frank Kreuzner?"

„Ja, er ist der Besitzer dieses Hauses. Warum fragen Sie?"

„Frank Kreuzner ist das Opfer eines Verbrechens geworden, er ist tot."

Kommissar Hölting wartet einen Moment. An der Reaktion der Personen, die das Opfer kannten, kann man einiges ablesen, wenn man Erfahrung damit hat.

„Ermordet? Wurde er tatsächlich ermordet? Wer macht denn sowas?"

„Genau das würden wir auch gerne wissen. Da der Zeitpunkt des Todes sich schlecht eingrenzen lässt, ist die Frage nach einem Alibi wenig hilfreich. Deshalb frage ich Sie nun: Sind Sie im Besitz einer Pistole im Kaliber .45?"

Tobias Heidmann hat es kalt erwischt. Auf der einen Seite kommt ihm der Tod des Hausbesitzers, der ihm immer nur Ärger bereitet hat – er mag es nicht laut sagen - nicht ungelegen. Auf der anderen Seite ist dessen gewaltsamer Tod schrecklich und bestimmt nicht die Lösung, die er erhofft hat. Ihm wäre es lieber gewesen, dass sie sich geeinigt hätten - selbst, wenn er und Kreuzner sich nicht hätten einigen können, gäbe es ja immer noch Gesetze, die berücksichtigt werden müssen. Den Tod hat er dem unangenehmen Mann jedenfalls nicht gewünscht. „Nein, ich habe keine Schusswaffe, schon gar nicht so eine."

„Wir haben gehört, dass Sie sich öfter mit Herrn Kreuzner gestritten haben. Sie könnten sich eine Waffe auf dem Schwarzmarkt besorgt und ihn dann erschossen haben."

„Das ist völliger Blödsinn. Ich habe den Besitzer dieses Hauses wirklich zum Mond gewünscht, das ist richtig. Aber man bringt wegen eines Streits um einen Vertrag doch nicht gleich jemanden um! Ich habe das Recht auf meiner Seite, ein Mord wäre nicht nötig gewesen und hätte mich nur ins Gefängnis gebracht."

Klaus Hölting merkt bald, dass er so nicht weiterkommt. Sie haben nicht genügend Beweise, die Tobias Heidmann als Täter überführen könnten. So lange er bei seiner Aussage bleibt, sind ihnen die Hände gebunden. Außerdem kann er sich den jungen Mann so gar nicht als Mörder vorstellen, der eiskalt einen Menschen niederstreckt. „Gut, Herr Heidmann. Sie haben mich für den Moment überzeugt, halten Sie sich bitte zu unserer Verfügung."

***

Klaus Hölting ist gerade im Büro zurück, als sein Chef auftaucht. In einer Hand hält er ein Schreiben, dass er aufgeregt schwenkt. „Sehen Sie mal hier, ein Bericht der Ballistiker über die gefundene Waffe."

„Die Waffe gehörte einmal einem Steffen Meier. Ich habe mal recherchiert. Der sitzt in Santa Fu wegen Mordes eben mit dieser Waffe. Wenn die Angaben in den Unterlagen stimmen, wird sie seit seiner Verhaftung bei dem Rechtsanwalt Dr. Jürgen Rudik in Cadenberge aufbewahrt."

„Ich habe das Gefühl, als wenn wir von der Aufklärung des Mordes an Frank Kreuzner nicht mehr weit entfernt sind." Kriminalkommissar Klaus Hölting ist begeistert.

„Immer langsam, mein Lieber, erstmal sehen, was der Anwalt meint. Wir beide werden gleich zu ihm fahren. Mal sehen, was er zum Verbleib der Waffe zu sagen hat. Sie können schon mal in der Kanzlei anrufen und klären, ob er zugegen ist."

Der Rechtsanwalt staunt nicht schlecht, als er Besuch von der Polizei erhält.

„Mit der Waffe, die Sie für Steffen Meier verwahrt haben, ist vor etwa zwei Wochen ein Mann erschossen worden. Was sagen Sie dazu?", konfrontiert ihn der Leiter der Mordkommission Stade, Wolfgang Ebert, mit den Fakten, kaum, dass sie eingetreten sind.

Dr. Jürgen Rudik ist wie vor den Kopf geschlagen. Hat dieser Idiot doch die Waffe verwendet! Er hatte ihm doch eindringlich gebeten, ihn fast beschworen, die Waffe nicht abzufeuern! „Tut mir leid, das ist für mich ein völliges Rätsel. Wer ist denn der Tote?", fügt er noch hinzu.

„Über die Waffe reden wir gleich noch. Der Tote ist Frank Kreuzner, ein Geschäftsmann hier aus Cadenberge, den sollten sie eigentlich kennen."

Scheiße! Der Anwalt ist entsetzt. Darum hat Frank sich nicht bei ihm gemeldet. Er wollte ihn schon anrufen, gottlob ist es nicht seine eigene Waffe, die verschwunden ist, er hat sie nur in Verwahrung gehabt. „Ja, äh, ich kenne ihn flüchtig. Wir sind uns einmal im Restaurant »Marc 5« begegnet.

„Aha. Nur einmal begegnet. Verstehe. Dieser Kreuzner ist mit der Waffe, die Sie für einen Klienten verwahrt haben, umgebracht worden. Wenn Ihnen kein guter Grund einfällt, wie das passieren konnte, müssen Sie mit einer Anklage wegen Beihilfe zum Mord rechnen."

„Um Gottes willen, wofür halten Sie mich?" Der Anwalt ist fassungslos. Wenn er Pech hat, wird es tatsächlich so laufen. Hätte er Frank doch nur nicht die Waffe gegeben!

Jetzt nimmt Kommissar Hölting den Gesprächsfaden auf. „Erzählen Sie bitte zuerst, was mit der Waffe passiert ist. Haben Sie die eventuell weitergegeben?"

Der Anwalt schaltet schnell. Er muss alle Schuld an Kreuzner weitergeben, dann könnte seine Weste sauber bleiben. „Es ist etwa zwei Wochen her, als Frank Kreuzner bei mir war", sprudelt es aus ihm heraus. „Er wollte zur Sicherheit eine Waffe bei sich haben, weil er, wie er sagte, von einem Mann bedroht wurde."

„Ich denke, Sie kannten Herrn Kreuzner kaum", merkt Wolfgang Ebert an. „Da kommen wir noch drauf zurück. Wer war denn der Mann, von dem er sich bedroht fühlte?"

„Den Namen weiß ich nicht. Es war der Freund der Mitarbeiterin von Tobias Heidmann, der ein Geschäft für Fahrräder führt und sie seit einigen Wochen beschäftigt. Der hat ihn geschlagen und Herr Kreuzner brauchte die Waffe, um sich zu schützen."

„Aha. Interessant, wie genau Sie auf einmal Bescheid wissen. Ich kann mir ausmalen, was wahrscheinlich passiert ist. Herr Kreuzner hat diesen Mann mit der Waffe bedroht, dieser wollte sich das nicht gefallen lassen und versuchte die Waffe zu greifen. Dann gab es vermutlich ein Gerangel um die Waffe und am Ende war Herr Kreuzner der Tote. Wenn sich das bewahrheitet, wäre es ein Unglücksfall und kein Mord."

„Ich habe doch gleich gesagt, dass ich unschuldig bin", entgegnet der Anwalt im Brustton der Überzeugung.

„Darüber sprechen wir noch. Unschuldig stelle ich mir anders vor. Sie haben rechtswidrig eine Waffe, die Ihnen zudem nicht gehörte, an jemanden weitergegeben, der sie nicht besitzen durfte. Jetzt werden wir erst den Todesfall aufklären, dann sind Sie wieder an der Reihe." Kommissar Ebert ist die Ruhe selbst. Der Fall scheint bald gelöst zu sein, solche Leute wie dieser Anwalt sind die kleinen Fälle im Umfeld eines Mordes.

***

165

Der nächste Schritt ist die Befragung des Freundes von Julia König. Dass es sich um den Karl Kaufmann von der Fahndungsliste handelt, ist bisher nicht bekannt.

Ein Anruf im Fahrradgeschäft führt sie rasch zum Ziel. „Meine Mitarbeiterin hat als Adresse die Nordhoopstraße in Westersode angegeben, sie hat heute frei."

Klaus Hölting bedankt sich bei Herrn Heitmann.

„So. Der Rest dürfte schnell geklärt sein. Wir werden diese Frau König und deren Freund aufsuchen, dann sollten wir der Klärung einen großen Schritt näher sein."

Der Überfall

Charly fährt mit Julia in seinem Pickup von Krautsand zu dem Haus in Westersode zurück. Angelina haben sie bei den Schwestern zurückgelassen. Die wollen sich ein ganzes Wochenende mit ihr beschäftigen. Der Babyzoo in der Wingst ist schon fest eingeplant. Sie haben den Auftrag erhalten, möglichst viele Fotos aufzunehmen.

„Ich vermisse meine Kleine. Fehlt sie dir auch?", fragt Julia ihren schweigsamen Fahrer.

„Ich vermisse sie ebenfalls. Sie ist mir sehr ans Herz gewachsen, fast wie ein eigenes Kind."

Glücklich drückt ihm Julia seine Hand. Wer hätte gedacht, dass zwei Außenseitern der Gesellschaft so ein Segen beschieden sein würde?

In der Nordhoopstraße, in der Nähe des Hauses, das sie bewohnen, parkt ein schwarzer Van, mit Hamburger Kennzeichen.

„Wer ist das denn? Den habe ich hier noch nie gesehen",
murmelt Charly. Skeptisch blickt er in den Rückspiegel. Es sit-
zen drei Personen in dem Wagen. Er fühlt plötzlich eine große
Unruhe in sich aufsteigen. Ist man ihm doch noch auf die
Schliche gekommen? Es ist schon auffällig lange gut gegangen.
Täuscht er sich vielleicht und spielt ihm seine Phantasie Strei-
che? Er fährt auf das Grundstück seiner Bekannten, parkt den
Pickup vor dem Schuppen und schließt das Gartentor.

Im Haus holt er seine Pistole aus dem Versteck und steckt
sie sich unter das T-Shirt hinten in den Gürtel. Das kann nie
schaden, er wird seine Augen offenhalten und ist gewappnet,
falls es eng werden sollte.

Es klopft an der Haustür. Charly vergewissert sich, dass die
Pistole an ihrem Platz ist und geht zur Tür. Wer sollte denn
hier zu ihnen wollen? Eventuell ein Nachbar, oder es will jemand mit Evelyn Hartmann sprechen, der Besitzerin des Hauses, dass sie bewohnen?

Er öffnet die Tür, eine Hand hinten am Griff der Waffe.

Vor ihm steht ein Mann, der einen Zettel in der Hand hält.
„Ist dies die Dorfstraße?", fragt er, mit einem Dialekt, den
Charly von Victor Gargarin kennt.

Ein Russe! Charly fasst den Griff der Waffe noch fester.
„Nein, das ist die Nordhoopstraße, Sie sind hier falsch."

„Können Sie uns das auf der Karte zeigen, beim Auto?",
fragt der Unbekannte.

Charly sträuben sich die Nackenhaare. Vielleicht ist das
hier völlig harmlos – vielleicht aber auch nicht. Er ruft nach
hinten in die Wohnung hinein: „Julia, ich bin einen Moment
fort. Verschließe bitte die Tür hinter mir!" Dann folgt er dem

Mann zu dem Auto. Vorsichtig mustert er den Wagen. Es sitzen noch zwei Personen darin, das Fenster auf der Fahrerseite ist geöffnet.

Der Fahrer schiebt eine Karte zu Charly hinaus. „Können Sie uns das bitte zeigen?"

Charly braucht einen Moment, um sich auf der Karte zurechtzufinden und zeigt dann mit dem Finger auf die Dorfstraße, die Hauptstraße durch Westersode. „Hier müssen Sie hin, Sie müssen hier lediglich wenden und zurückfahren."

In dem Moment bekommt er einen heftigen Schlag auf den Kopf. Er wird ohnmächtig und bricht zusammen.

Die beiden Männer im Wagen steigen aus, sie sind mit Stöcken bewaffnet - ein Baseballschläger und ein Stahlrohr. Damit dreschen sie auf den am Boden liegenden Charly ein. Der ist ohnmächtig und wird es nicht mitbekommen - bis er entweder das Bewusstsein zurückerhält oder stirbt…

Die Männer eilen zum Haus. Die verschlossene Tür ist kein Hindernis, die haben sie im Nu aufgebrochen.

***

Sein Schädel dröhnt, sein ganzer Körper schmerzt. Wieviel Zeit ist vergangen? Charly öffnet die Augen und sieht sich um. Er liegt auf dem Bürgersteig. Was ist passiert? Er versucht sich aufzurichten, was nur unter großen Schmerzen möglich ist. Als er endlich steht, gehorcht ihm sein rechtes Knie nicht mehr, es knickt unter ihm weg. Er kann sich nur humpelnd vorwärts bewegen. Sein Kiefer schmerzt, er scheint gebrochen zu sein. Diese Arschlöcher! Mühsam geht er zum Haus, jeder Schritt ist eine Qual. Er tastet nach der Waffe in seinem Gürtel, sie ist noch da. Er nimmt sie in die Hand und spannt den Verschluss, so fühlt er sich etwas besser.

Julia liegt auf dem Bett. Ihr Schoß ist nackt, um den Hals ist eine Krawatte gebunden. Ein riesiger Schreck erfasst ihn. „Julia!", ruft er. Doch sie reagiert nicht mehr. Diese Schweine haben sie umgebracht! Wut steigt in ihm auf. Nun hat er seit Wochen wie ein Solider gelebt, er kam sich vor, als hätte er eine kleine, glückliche Familie. Er schreit laut vor maßloser Wut. Den Mund bekommt er kaum auf, der Kiefer gehorcht ihm nicht. Wenn er die erwischt, die müssen alle dran glauben - jetzt ist ihm alles egal. Er humpelt nach draußen, er ignoriert das schmerzende Knie.

Hinter dem Mülleimer kommt ein Mann hervor, er hat dort offenbar seine Blase entleert. Charly fragt nicht, er erwartet auch keine Antwort. Er hebt den Revolver und schießt.

Der Mann stürzt zu Boden, er hat jetzt ein rotes Loch im Schädel.

Charly humpelt zur Straße. Scheiße, tut das Bein weh. Dort läuft ein Mann zu einem schwarzen Van! Er hebt wieder die Waffe und zielt. Auch dieser Mann hat keine Zeit mehr, irgendetwas zu bereuen. Charly ist wütend und traurig zugleich. Von einer Minute auf die andere ist sein Leben in ein schwarzes Loch gestürzt, Julia, sein ein und alles, ist nicht mehr am Leben. Tränen laufen über sein blutiges Gesicht. Hat er wirklich geglaubt, für ihn würde alles gut werden?

Das Engelchen ist bei den Schwestern in Krautsand, das ist ein kleiner Trost. Er eilt so schnell er kann zu seinem Pickup, und nimmt die Verfolgung des schwarzen Wagens auf, der in der Westersoder Schulstraße verschwunden ist. Er beißt wegen der Schmerzen im rechten Bein die Zähne zusammen — was wegen der Schmerzen im Kiefer eigentlich nicht möglich ist —

und gibt Gas. Der schwere Wagen schnellt vorwärts. Mit viel zu hoher Geschwindigkeit rast er die Straße entlang in Richtung Dorfstraße. Da! Er sieht den schwarzen Wagen – der biegt links ab. Unter Missachtung aller Verkehrsregeln und der Physik folgt ihm Charly mit unverminderter Geschwindigkeit. Sein Pickup rast mit hohem Tempo geradeaus, er holpert über den Bürgersteig und rast in das Haus auf der gegenüberliegenden Straßenseite. Er hört noch den Krach, der Fahrer-Airbag öffnet sich, dann ist es still um ihn.

Das Gefängnis

Helles Licht blendet ihn. Wo ist er? Sein rechtes Bein ist schwer und unbeweglich. Charly blickt sich um. Offenbar liegt er in einem Krankenzimmer. Sein rechtes Bein ist eingegipst und hängt in einer Schlaufe.

Erst jetzt bemerkt er neben seinem Bett einen Mann in einem weißen Kittel, der ihn anlächelt. „Wie fühlen Sie sich, Herr Kaufmann? Bedenken Sie, dass Sie nicht sprechen können. Nicken Sie, wenn Sie sich leidlich wohl fühlen."

Charly nickt. Wo, zum Teufel, ist er hier? Er würde gerne etwas fragen, er kann seinen Kiefer nicht bewegen. Unwillkürlich fasst er mit der Hand dorthin.

„Ihr Unterkiefer ist gebrochen. Wir haben ihn bis zur Heilung mit zwei Drahtschlingen am Oberkiefer befestigt. Sie können deshalb vorläufig keine feste Nahrung zu sich nehmen. Ein Problem wäre es, wenn Sie sich übergeben müssen. Damit Sie dann nicht an ihrem Erbrochenen ersticken, haben wir Ihnen eine Kneifzange hierher gelegt, damit Sie im Notfall den Draht durchschneiden können." Das Werkzeug liegt auf dem Nachtschränkchen.

„Ich bin Doktor Bergmann, ihr behandelnder Arzt. Es gibt noch eine Menge anderer Dinge, die Sie wissen sollten. Ihr rechtes Knie ist gebrochen. Wir haben es geflickt und fixiert. Außerdem haben Sie zwei gebrochene Rippen, deshalb müssen Sie sich schonen. Sie benötigen Schmerzmittel, die erhalten sie ohnehin schon, wegen ihrer anderen Verletzungen. Wir werden Ihnen zeigen, was Sie für Atemübungen durchführen müssen.

Apropos Brustkorb: Bei dem Röntgen haben wir festgestellt, dass Sie ein Lungenkarzinom haben, das wissen Sie aber sicher schon. Ich bin nicht der Fachmann dafür, aber der Tumor hat sich verkapselt, ich denke, dass sie damit noch einige Jahre leben werden."

Charly sieht ihn mit großen Augen an. Was hat ihm denn der Arzt in Hamburg für einen Mist erzählt? Am liebsten würde er dem im Nachhinein noch eine verpassen.

„Sie werden nachher noch Besuch von der Polizei bekommen. So wie ich weiß, werden Sie vor Gericht gestellt werden, sobald ihr Gesundheitszustand das zulässt. Ein paar Wochen wird es wohl dauern, so wie ich das sehe." Der Arzt zögert einen Moment und zeigt auf das Fenster. „Sie haben vielleicht schon bemerkt, dass die Fenster vergittert sind. An einen Ausbruchsversuch sollten Sie also gar nicht denken, was Sie in Ihrem Zustand ohnehin nicht könnten. Sie befinden sich hier in einem Gefängniskrankenhaus. Auf hübsche Krankenschwestern müssen Sie ebenso verzichten, unser Personal besteht ausschließlich aus Männern und ist für den Umgang mit Kriminellen ausgebildet.

Morgen sehe ich wieder nach Ihnen, bis dahin wünsche ich Ihnen Geduld und gute Besserung."

Als der Arzt gegangen ist, fahren Charlys Gedanken Achterbahn. Es ist alles so unwirklich. Eben ist er noch mit Julia durch den Sonnenschein gefahren, sorglos und froh, im nächsten Moment, so scheint es ihm, ist alles zerschlagen, Pläne, ein neues Leben, alles. Soll er sich darüber freuen, dass er noch lebt? Seine Freundin ist tot, deren Tochter, ihr gemeinsamer Sonnenschein, ist irgendwo. Wahrscheinlich bei den Schwestern Vollmers auf Krautsand. Das ist für ihn ohnehin ohne Bedeutung. So wie er seine Situation beurteilt, wird er das Gefängnis für viele Jahre nicht verlassen. Soll er sich über seinen Lungenkrebs Sorgen machen? Wenn er ihn nicht behandeln lässt, wird er wohl noch im Gefängnis sterben. Lässt er ihn behandeln, hat er gute Chancen, zu überleben. Uralt zwar, aber leidlich gesund. Er wird mit dem Arzt darüber sprechen und sich dann ein Urteil bilden.

Er ist eingeschlafen. Unwillkürlich hat er sich so hingelegt, dass die Schmerzen vom Bein sich auf einem erträglichen Niveau eingependelt haben. Er erwacht, weil die Tür geöffnet wird.

Zwei Herren betreten das Zimmer. „Guten Tag, Herr Kaufmann", beginnt der ältere der beiden zu sprechen. „Ich bin Hauptkriminalkommissar Wolfgang Ebert, der Herr", er zeigt zu seinem Begleiter, einem etwas fülligen Mann mit einem spiegelblanken Kopf ohne irgendein Haar, „ist Staatsanwalt Doktor Ahlfeld. Wir sind hergekommen, um Sie zu befragen und über den weiteren Ablauf zu informieren."

Charly zeigt zu seinem Mund und gibt ein paar Krächz-Geräusche von sich.

„Ach ja. Der Arzt sagte mir, dass Sie nicht sprechen können. Wir belassen es vorerst bei den nötigsten Fragen. Ich habe Papier und Stift bei mir, damit Sie ihre Antworten aufschreiben können." Er legt Charly einen Zettel und einen Bleistift auf sein Bett. „Gehen wir chronologisch vor. Es gab eine Schießerei an der Elbchaussee am 28. Juni dieses Jahres. Es gab drei Tote, die möglicherweise auf ihr Konto gehen. Zwei wurden erschossen, einer mit einem Messer erstochen."

Charly nickt, er ist ärgerlich. So ein verdammter Mist! Er hat immer geahnt, dass ihn diese Geschichte einholen wird. Er nimmt den Block und schreibt in großen Buchstaben: ES WAR NOTWEHR!!

„Aha. Das haben wir bereits vermutet. Mit ihrer späteren Aussage werden wir das neu bewerten. Kommen wir nun zu dem Toten in Krautsand, Marcel Obermann. Wir haben zahllose Indizien gefunden, die auf Sie hinweisen. Sie haben den Mann mit einem Messer erstochen."

Charly ist sich darüber klar, dass leugnen keinen Zweck hat. Wenn die Polizei nur richtig sucht, findet sie genügend Beweise, die einem den Strick bereitlegen. Anstatt etwas aufzuschreiben, nickt er lediglich.

„Gut. Eine spätere Befragung wird die Details klären. Jetzt zum letzten Fall, es geht um den toten Frank Kreuzner aus dem Kreidesee."

Charly ist völlig perplex. Gerade von dem hat er angenommen, dass der Tote nie gefunden werden würde. Er hat nichts von den vielen Tauchgängen in dem See gewusst, sonst hätte er den Toten wahrscheinlich vergraben. Aber es war kein Mord! Er nimmt wieder den Block und schreibt: ES WAR EIN UNGLÜCKSFALL.

Der Kommissar blickt wieder darauf. „Das haben wir uns schon gedacht. Es gibt die Aussage eines Anwaltes, die unterstützt Ihre Angabe. Die Details dazu werden wir später – wenn Sie wieder sprechen können – aufnehmen."

Der Staatsanwalt hat der Untersuchung bisher wortlos, aber aufmerksam beigewohnt. Nun räuspert er sich. „Die Verhandlung wird wohl in zwei bis drei Monaten stattfinden. Selbst wenn die Toten entweder als Notwehr behandelt oder als Unglücksfall angesehen werden können, bleibt mindestens ein Toter. Dabei sind die Männer, die sie vor dem Haus in der Nordhoopstraße getötet haben, noch nicht eingerechnet. Das gibt noch zweimal Totschlag, so wie ich das sehe. So ganz grob kommt dabei lebenslänglich heraus, also etwa zwanzig Jahre. Mehr kann ich im Moment nicht dazu sagen, wir müssen erst den Prozess abwarten."

Charly liegt wieder in seinem Krankenbett. Er hat ein Einzelzimmer, wie alle Kriminellen, die hier liegen. Das ist einfacher zu bewachen und er kann keine Geisel nehmen – als wenn er das könnte! Im Moment ist er dazu nicht in der Lage. Er liegt auf dem Rücken, hat die Augen geschlossen und sinniert über sein vergangenes Leben und über sein mögliches Leben in der Zukunft nach.

Richtig gut wurde sein Leben erst, als er Julia kennenlernte. Sie und ihre entzückende, kleine Tochter haben einen anderen Menschen aus ihm geformt. Was war das nur für ein unstetes Scheiß-Leben, das er bis dahin führte? Menschen quälen, abstechen und einschüchtern. Im Nachhinein kann er nicht sagen, wie er in diesen Sumpf geraten ist. Gefallen hat ihm das nie, aber etwas anderes kannte er eben nicht. Wenn er die Möglichkeit hätte, würde sein neues Leben anders ablaufen. Er seufzt. Jetzt stehen erst einmal viele Jahre Gefängnis vor ihm.

Das hat den Vorteil, dass er sich um nichts kümmern muss. Er muss keine Gedanken an einen Job verschwenden, er benötigt keine Versicherungen, er muss sich nicht mit einer nervenden Steuerbehörde und anderen Bürokraten herumärgern. Das erkauft er sich mit der Unmöglichkeit, seinen Tag frei gestalten zu können. Tagein, tagaus immer in einer Zelle. Die einzige Abwechslung sind die Mahlzeiten und vielleicht ein Besuch von einem Arzt. Er muss etwas finden, um die tödliche Langeweile zu vertreiben, dann kann man schon ein paar Jahre überstehen. Aber lebenslänglich? Im Moment hat er eine verschwommene Vorstellung von so einer Zeitspanne, etwas, das bis an das Ende seines Lebens reicht.

Überhaupt – Ende seines Lebens? Er muss sich überlegen, ob er seinen Krebs behandeln lassen soll. Sollte er eine Chemotherapie über sich ergehen lassen, wenn sich das als sinnvoll herausstellen sollte? Er hat alle Zeit, die er braucht – warum also nicht? Nur, dass er dann bis zur Entlassung sitzen muss, anstatt das Gefängnis vorzeitig in einem Sarg zu verlassen. Brrr! Er schüttelt sich. Vielleicht sollte er doch alles Mögliche unternehmen, um die Haftentlassung noch zu erleben. Er könnte anschließend ein Leben in Freiheit genießen, ein Leben, das nicht so grässlich sein muss, wie die vergangenen Jahre, die Jahre vor Julia. Er würde wahrscheinlich von Sozialhilfe leben, in einer vom Staat subventionierten Wohnung. Er hätte Nachbarn und andere Mitmenschen, mit denen er reden könnte. Vielleicht könnte er noch einen echten Freund oder Freundin gewinnen? Eine Zukunft, auch wenn sie noch in weiter Ferne liegt, könnte so schlecht nicht sein. Wie alt wäre er dann? Jetzt ist er 35 Jahre alt, geht er von geschätzten 20 Jahren Haft aus, wäre er dann 55. 55 Jahre? Das ist noch nicht so alt, dann könnte er sich noch eine Arbeit suchen. Aber wer nimmt einen ehemaligen Häftling, der seit mehr als zwanzig Jahren nicht mehr in seinem Beruf gearbeitet hat? Er müsste sich wahrscheinlich etwas anderes suchen, vielleicht Arbeit in einer sozialen Funktion? Warum nicht, er wird noch viel Zeit haben, darüber nachzudenken.

***

Evelyn Hartmann, die Eigentümerin des Grundstückes und des Hauses an der Nordhoopstraße in Westersode, ist von einem langen Urlaub in die vereinigten Staaten von Amerika zurück. Wie jedes Jahr im Sommer machte sie einen langen Urlaub von etwa drei Monaten. Denn zu der Zeit ist die Nachfrage nach heißer Wurst am kleinsten. Dieses Mal waren einige der Nationalparks auf ihrem Rundreisezettel. Sie hat diesen Urlaub sehr genossen, ist er doch die einzige Zeit zum Entspannen nach vielen Monaten vor dem Würstchengrill.

Als sie zurückkehrt, trifft sie der Schlag. Ihre Wohnung ist völlig verwüstet, es ist getrocknetes Blut auf ihrem Bett. Entsetzt stürzt sie nach draußen, der Gestank ist unerträglich.

Sie ruft bei der Polizei in Hemmoor an, nach etwas Herumfragen hat sie einen Mann an der Strippe, der weiß, was bei ihr vor zwei Wochen passiert ist.

„Ja, da können sie von Glück reden, dass Sie zu der Zeit noch verreist waren. Die Kriminalpolizei war bei Ihnen, es hatte mehrere Tote gegeben. Die Leiche im Haus, auf Ihrem Bett, ist von der Rechtsmedizin abgeholt worden."

In ihrem Schuppen steht ein Wohnwagen. An einigen Unterlagen erkennt sie, dass er Karl Kaufmann gehören muss. Hat er etwa bei ihr gewohnt? Er dürfte auch der Grund für das Chaos in ihrem Schlafzimmer sein. Von der Polizei erfährt sie von der langen Gefängnisstrafe von ihm. Sie entschließt sich, den Wohnwagen mittels ein er Zeitungsannonce zu verkaufen.

Charlys 80.000,- Euro verschwinden damit auf Nimmerwiedersehen.

***

Fünfundzwanzig Jahre!

Fünfundzwanzig Jahre Freiheitsentzug lautet das Gerichtsurteil. Charly nimmt es stoisch entgegen. Das ist lang, länger, als er erwartet hat. Die Zeitspanne ist so lang, dass sie sich nicht ausmalen kann. Was macht es für einen Unterschied, ob es achtzehn Jahre sind oder fünfundzwanzig? Es sprengt auf jeden Fall sein Vorstellungsvermögen.

Die Toten von der Elbchaussee sind als Notwehr eingestuft worden, Frank Kreuzners Tod wurde als Unglücksfall anerkannt; allerdings eher aus Mangel an Beweisen, als wegen vorzeigbarer Tatsachen. Was das Strafmaß nach oben abgerundet hat, waren die zwei Männer, die er vor dem Haus, in dem er mit Julia wohnte, erschossen hat. Das war Totschlag. Der Grund dafür war zwar für das Gericht nachvollziehbar ‚aber wo kämen wir hin, wenn jeder das Gesetz in seine Hand nehmen würde, und nach Belieben Leute erschösse?' Diese Worte des Richters klingen ihm noch im Ohr. Er bereut keinen der Fälle, Strafe hin oder her. Wobei es ihm im Nachhinein sinnvoller erscheint, wenn er Julias Mörder besser der Justiz überlassen hätte. Die Kerle hätten dann viel Zeit gehabt, über ihre Tat nachzudenken. Was ist eigentlich mit dem dritten Mann? Der war seiner Verfolgung entkommen. Er wird bei der nächsten Gelegenheit Kommissar Ebert fragen, was mit dem passiert ist, mit dem alten Kriminalkommissar kommt Charly gut aus. Über die Identität der von ihm getöteten Komplizen kann man den dritten Mann sicher ausfindig machen. Das Auto war ein schwarzer Ford Voyager, das könnte auch helfen.

Charly wird aus dem Krankenhaus entlassen. Das Knie ist wieder in Ordnung, der Kieferbruch ist verheilt. Seine gebrochene Rippe ist zusammen gewachsen, nur sein Lungenkrebs ist ihm geblieben. Er würde einer Chemotherapie zustimmen, wenn sie ihm denn angeboten werden würde.

Die Entlassung bedeutet für ihn, dass er in die Justizvollzugsanstalt Celle überführt wird. Das ist eine Haftanstalt im geschlossenen Vollzug für Männer mit einer Haftstrafe von 5 Jahren bis lebenslänglich. Er ist einer von etwa 200 weiteren Insassen, die eine lange Strafe verbüßen müssen.

Die Haftanstalt Celle ist ein Gefängnis, das auf das frühe achtzehnte Jahrhundert zurückgeht. Es wurde vom Herzog Georg Wilhelm als „Werck-, Zucht- und Tollhaus" in Auftrag gegeben.

In der Zeit nach dem Nazi-Regime wurden in der JVA Celle zum Tode verurteilte Nazi-Verbrecher von einem englischen „hangman" gehenkt, der extra zu diesem Anlass anreiste.

Seine Zelle ist mit einem Tisch, einem Stuhl und einem Bett ausgestattet. Es gibt die Möglichkeit, einen Fernseher zu beantragen, davon wird er bei der nächsten Gelegenheit Gebrauch machen. Des Weiteren gibt es eine Nasszelle, um sich zu waschen und zu duschen sowie eine Toilette.

Prima – hier soll er also die nächsten 25 Jahre verbringen! Eine absurde Vorstellung, die von seinem Verstand nicht angenommen wird.

Am nächsten Morgen wird er von einem Justizvollzugsbeamten zu einem Besprechungsraum geführt. „Der Direktor nimmt sich für jeden Gefangenen ein paar Minuten Zeit, um ihn willkommen zu heißen", hört er aus berufenem Munde.

Gut, er wird es sich anhören. Auf jeden Fall wird es etwas Abwechslung in den eintönigen Aufenthalt in der geschlossenen Zelle bringen.

Ein paar Minuten später kommt ein Mann in den kleinen Raum. Groß, etwa 1,90 Meter, volles, schon teilweise graues Haar. Er ist schlank und kommt mit elastischen Schritten auf Charly zu. Er reicht ihm die Hand. „Willkommen in meiner Anstalt, Herr Kaufmann. Mein Name ist Doktor Gehring, ich bin der Direktor dieses Gefängnisses."

Charly hat sich etwas erhoben und erwidert den kräftigen Druck der Hand. Bei seinem letzten und einzigen Gefängnisaufenthalt hat man sich nicht die Mühe gemacht, ihn zu begrüßen. Er war eine Nummer, eine namenlose Person, die gefühllos durch die Zeit begleitet wurde.

„Sie sind ein Häftling mit einer sehr langen Gefängnisstrafe. Bei diesen Personen nehme ich mir jedes Mal die Zeit, sie zu begrüßen."

Er ist also quasi ein Vorzeigehäftling, im negativen Sinne.

„Herr Kaufmann, Sie befinden sich in dem ältesten Gefängnis in Niedersachsen, es ist nichtsdestotrotz ein Hochsicherheitsgefängnis, in das nur Gefangene mit Haftstrafen ab fünf Jahren bis lebenslang eingewiesen werden. Sie sollten sich damit abfinden, dass ein Ausbruch zwecklos ist. Wenn Sie das akzeptieren und sich in den Gefängnisalltag einfügen, haben Sie die Gelegenheit, Erleichterungen der Haft zu erhalten.

179

Sie sind hier, um ihre Taten zu bereuen. Sie sollen jedoch nicht nur bestraft werden, es ist das Bestreben meiner Anstalt, Sie nach der langen Zeit möglichst problemlos in ein normales Leben zurückzuführen. Um das zu erreichen, haben Sie die Möglichkeit, an verschiedenen Lehrgängen sowie am Sport teilzunehmen. Begleitet wird das Resozialisierungsprogramm von mehreren Therapeuten. Deren Urteil ist für uns wichtig, es entscheidet darüber, welche Erleichterungen Sie erhalten können. Es gibt auch die Möglichkeit, später einmal in den offenen Vollzug wechseln zu können. Dafür würden Sie in eine andere Haftanstalt verlegt werden." Er nickt jovial. „Was sagen Sie dazu? Könnten Sie sich schon jetzt für eine Sportart entscheiden? Sie sollten wissen, dass Sie zur Teilnahme am Sport ausgeschlossen werden können, wenn Sie sich nicht an unsere Regeln halten."

Charly ist einen Moment sprachlos. Sport? Er hat sein ganzes Leben keinen Sport ausgeübt – warum soll er jetzt damit anfangen? Okay, es würde ihm helfen, fit zu bleiben und es würde das tägliche Einerlei unterbrechen. Er räuspert sich. „Ich denke, ich würde gerne an einem Mannschaftssport teilnehmen, Fußball, Volleyball oder so etwas."

„Das ist gut so." Der Leiter der Haftanstalt fertigt ein paar Notizen an. „Ich werde Ihren Wunsch weitergeben. In den nächsten Tagen haben Sie noch Gelegenheit, mit unserer Haft-Pädagogin zu sprechen. Sie wird Sie während Ihrer Haft betreuen. Außerdem fertigt sie Gutachten und Prognosen an, die zur Entscheidungsfindung über Hafterleichterung oder Verschärfung verwendet werden." Er erhebt sich. „Wenn Sie noch irgendwelche Fragen haben, wenden Sie sich an einen der Vollzugsbeamten. Sie können mich nach vorheriger Anmeldung auch persönlich sprechen." Er klopft an die Tür, die daraufhin von außen aufgeschlossen wird. „Auf Wiedersehen und nutzen Sie die Zeit."

Bald darauf wird Charly in seine Zelle zurückgeführt. Er wirft sich auf das Bett und beginnt zu grübeln. Jeder Tag wird gleich ablaufen, Tag für Tag, 25 lange Jahre. Er wird versuchen, an allem teilzunehmen, was ihm die Zeit verkürzen wird. Am besten wird es sein, wenn er nicht an das schrecklich weit entfernte Ende denkt, sondern nur an die nächsten Tage und Wochen. Dann gleiten seine Gedanken ab. Ein fast weißer Strand und ein blauer Himmel gaukelt ihm seine Phantasie vor. Er scheint das glückliche Lachen eines Kindes zu hören, die frechen Bemerkungen seiner Begleiterin Julia. Julia - sie ist tot, missbraucht und umgebracht von Verbrechern, die über ihn zu ihr gefunden haben. Ein Gefühl von Schuld bemächtigt sich seiner, er fühlt sich hundeelend.

Unruhig dreht er sich auf dem Bett umher. Er bemüht seinen Verstand, um an etwas anderes zu denken, diese Schuldgefühle werden ihn sonst noch zerbrechen.

Angelina erscheint vor seinem inneren Auge. Sie war so glücklich, so unbekümmert, sie kannte keine Sorgen. Wie es ihr wohl gehen mag? Vermutlich kümmern sich die beiden Schwestern um sie.

Ein paar Tage später findet das Treffen mit der Haft-Pädagogin statt. Es ist wieder der kleine Besprechungsraum im Erdgeschoss.

„Guten Tag, Herr Kaufmann. Ich bin Doktor Voigt, die für Sie zuständige Pädagogin. Sagen Sie einfach Frau Voigt." Sie streckt ihm eine feingliedrige Hand zu, die er vorsichtig drückt.

Sie ist vermutlich um die vierzig Jahre alt, hat eine dunkle Kurzhaarfrisur mit ein paar blondierten Strähnen. Ein fein gezeichnetes Gesicht wird von einer großen Brille dominiert. Sie lächelt Charly wohlwollend an und schlägt dann eine kleine Mappe auf, in die sie einen Blick wirft.

„Häftlinge mit so einer langen Gefängnisstrafe wie Sie, sind auch bei uns selten. Sie können sich glücklich schätzen, dass Sie ohne Sicherungsverwahrung davongekommen sind. Ich werde versuchen, Sie bei Ihrer Resozialisierung zu unterstützen. Das heißt, dass Sie bei guter Führung in ein paar Jahren in den offenen Vollzug überführt werden könnten."

„Wieviel sind ein paar Jahre?", fragt Charly.

Die Pädagogin blickt ihn durch ihre große Brille an. „Ich denke, dass es wohl noch zehn Jahre dauern könnte. Möglicherweise bin ich dann nicht mehr hier, sondern irgendwo anders. Ich bin hier nicht lebenslänglich gebunden. Ein Nachfolger oder Nachfolgerin von mir wird sich dann um Sie kümmern."

Charly atmet schwer ein und aus. Zehn Jahre erscheinen ihm nur unwesentlich kürzer, als 25 Jahre. Beide Zeitspannen kommen ihm unvorstellbar lang vor.

„Berichten Sie doch von den letzten Monaten ihres Lebens, was war gut gewesen, was würden Sie anders machen, wenn Sie die theoretische Gelegenheit dazu hätten?" Sie öffnet ihre Mappe und zückt den Stift, bereit, Notizen anzufertigen.

Das fällt Charly leicht. Er beginnt bei dem Massaker an der Elbchaussee, dort begann seine Bekanntschaft mit Julia König. Er erzählt, wie deren Tochter dazukam und ihn wesentlich beeinflusst hat. „Seitdem komme ich mir vor, wie ein anderer Mensch. Die Dinge, die früher zu meinem täglichen Geschäft gehörten, kommen mir mit einem Mal abstoßend vor."

„Trotzdem haben Sie Marcel Obermann ermordet. Weit war es mit ihrer Wandlung demnach nicht her", entgegnet die Pädagogin.

Scheiße, irgendwie hat sie recht. „Ich befürchtete, dass die Dinge, die Herr Obermann von mir wusste, mein schönes neues Leben zerstören könnten. Im Nachhinein muss ich feststellen, dass ich lediglich zu spät gewesen bin, die Verbrecher von der Reeperbahn hatten meinen Aufenthaltsort längst ausfindig gemacht."

„Hätten Sie nicht die Polizei informieren können? Einen Fall mit solchen Methoden lösen zu wollen, hat Sie doch hierhergebracht", gibt ihm die Therapeutin zu bedenken. „Außerdem klingt das für mich so, als hätten Sie mit den ‚alten' Methoden, die Sie nun eigentlich verabscheuen, das neue bürgerliche Leben um jeden Preis schützen wollen. Die Polizei wäre wohl die bessere Wahl gewesen."

„Ja, und dann? Gegen diese Verbrecher kann einem niemand helfen, auch nicht die Polizei. Das fängt schon damit an, dass ich alles hätte beweisen müssen. Bevor nicht etwas passiert, werden die nicht aktiv."

„Das kann schon sein. So ist das System, es sollen Unschuldige geschützt werden." Sie legt eine kurze Notiz an. „Gut. Ich hoffe, dass Sie im Laufe der Zeit die Fehler ihrer Vergangenheit erkennen, dann wird einer Resozialisierung nichts im Wege stehen. Die Wandlung, die sie in einem positiven Umfeld erlebt haben, ist für mich ein Zeichen, dass bei Ihnen nicht alles verloren ist." Sie schreibt wieder mit kleiner, präziser Schrift in ihre Mappe, dann blickt sie auf. „Wir werden uns einmal im Monat sehen. Wenn Sie ein Problem haben oder ich mit Ihnen, dann wird es etwas häufiger sein müssen."

Charly grinst.

„Was geht Ihnen durch den Kopf?", sie lächelt ihn an.

„Wenn Sie mich einmal im Monat sehen wollen, dann werden wir uns voraussichtlich 300-mal treffen."

Die Pädagogin nickt. „Es liegt an Ihnen, wenn es weniger werden soll. Ich werde Sie jetzt verlassen. Bis zum nächsten Mal, ich werde Sie vorher benachrichtigen lassen."

Charly ist wieder allein in seiner Zelle. Eine Stunde ist gerade einmal vergangen, eine Stunde! Eine Stunde von über 200.000. Nein, es ist besser, er hört jetzt mit dieser Rechnerei auf. Jedenfalls, solange die Ergebnisse so niederschmetternd sind.

***

Charly ist zur Untersuchung beim medizinischen Dienst der Anstalt vorgeführt worden. Ein Vollzugsbeamter ist sein ständiger Begleiter.

„Wie geht es Ihnen, Herr Kaufmann?", wird er vom Gefängnisarzt gefragt.

„Naja. Wie man sich vor 25 Jahren Haft so fühlt", antwortet er betrübt.

„Das haben Sie wahrscheinlich verdient", antwortet der Arzt ungerührt. „Meine Frage zielte auf Ihre Gesundheit ab. Wie geht es ihren Brüchen?"

„Der Kiefer ist vollständig geheilt, ebenso die Rippen. Was mir manchmal Probleme macht, ist mein rechtes Knie."

„Das war zu erwarten. Ich möchte nun zu dem Problem kommen, was besondere Aufmerksamkeit erfordert, Ihr Lungenkarzinom. Haben Sie damit Probleme, wie häufiges Husten?"

„Nein. Ich huste gelegentlich. Aber ob das nun ungewöhnlich ist, kann ich nicht beurteilen."

„Gut. Wahrscheinlich hat sich das Karzinom abgekapselt. Das wäre ein Grund, es mit einer Operation zu versuchen. Unter Umständen müsste noch Bestrahlung und/oder eine Chemotherapie folgen, das müssen wir dann sehen. Die Heilungschancen scheinen nicht so schlecht."

„Eine Operation?", fragt Charly beunruhigt.

„Das ist ein ganz gewöhnlicher Eingriff, jedenfalls für den Chirurgen, das braucht Sie nicht zu beunruhigen. Ich würde es an Ihrer Stelle als Vorteil sehen, weil durch den Krankenhausaufenthalt ihre tägliche Routine unterbrochen würde."

„Ja, das wäre nicht schlecht", äußert sich Charly. Wer hätte gedacht, dass er sich mal über einen Krankenhausaufenthalt freuen würde?

„Vergessen Sie jeden Gedanken an Flucht. Das Krankenhaus ist auf Gefangene eingerichtet, mit bewaffnetem Wachpersonal und vergitterten Fenstern."

Charly schüttelt den Kopf. „Nein, der Gedanke an Flucht bewegt mich nicht. Wo soll ich denn hin? Ich habe keine Freunde, keine Angehörigen, niemanden."

„Na, Sie sind gut. Am Ende fühlen sie sich hier noch wohl. So etwas habe ich noch nie gehört."

***

Charly wird operiert. Der Eingriff war einer von hunderten, die von einem Fachchirurgen durchgeführt wurde. Charly befindet sich in einem normalen Krankenhaus, es ist lediglich ein Bewacher für ihn abgestellt.

Einige Wochen später muss Charly sich einer Chemotherapie unterziehen. Die Nebenwirkungen sind so übel, das würde er seinem schlimmsten Feind nicht wünschen. Ihm fällt das

185

Haar aus und er verliert an Gewicht, weil ihm nichts schmeckt. Essen ist ihm zuwider. Am liebsten liegt er auf seinem Bett und tut gar nichts.

Aber auch das geht vorüber. Der Arzt berichtet ihm sehr zufrieden, dass die Operation gut verlaufen ist und die Chemotherapie mögliche verbliebene Krebszellen abgetötet haben dürfte. „Sie können sich im Moment als geheilt betrachten. Wenn in fünf Jahren keine neuen Tumore auftreten, haben Sie es geschafft. Deshalb muss die Lunge zuerst alle drei Monate, dann alle sechs, und wenn alles gut geht, einmal im Jahr untersucht werden. Die Termine für die Kontrolle bekommen Sie rechtzeitig."

Charly liegt in seiner Zelle auf dem Bett und grübelt mal wieder über sein Leben nach. Nach der erfolgreichen Operation sieht es so aus, als wenn er seine Entlassung erleben würde – wenn nichts dazwischen kommt. Wie wird es sein, wenn er seine Zeit verbüßt hat? Draußen muss er sich neue Freunde suchen, er wird sich an ein völlig neues Umfeld gewöhnen müssen. Wird er noch jemandem von früher begegnen? Er muss leise kichern. Victor vielleicht? „Hallo alter Kumpel, lange nicht gesehen, gehen wir ein Bier trinken?" Das ist eher unwahrscheinlich. Victor ist möglicherweise der Urheber für alle seine Probleme. Er und seine Handlanger wären ebenfalls 25 Jahre älter geworden. Vielleicht wäre der ein oder andere mittlerweile selbst im Knast, oder sogar tot. Kann alles sein. Ob noch ein kläglicher Rest im selben Milieu arbeitet, wie damals? Unwahrscheinlich. Und wenn, wird niemand etwas mit ihm zu tun haben wollen, was, bei genauerem Hinsehen, auch besser ist. Besser für Charly. Er erinnert sich außerdem dunkel, dass es entlassenen Häftlingen nicht gestattet ist, sich mit den alten Spießgesellen abzugeben.

Charly ist Mitglied in einer der beiden Fußballmannschaften des Gefängnisses. Nach dem Probe-kicken mit dem Trainer, der auch Justizvollzugsbeamter ist, wird er als Verteidiger eingesetzt.

„So wie du aussiehst, dürfte es kaum jemand schaffen, an dir vorbeizukommen."

Es ist nicht nur seine kräftige Statur, Charly merkt bald, dass eine gehörige Portion Kunst mit dem Ball dazugehört, sonst tricksen ihn die gegnerischen Angreifer schnell aus. Auch das lernt er und ist bald eine wertvolle Stütze seiner Mannschaft, den »Endless-Kickers«.

Was an ihm nagt, ist die Tatsache, dass es so wenige Freundschaften gibt. Man spricht zwar miteinander, ist mal freundlich oder auch grob. Darüber hinaus gibt es keine nennenswerten vertraulichen Gespräche. Das muss an der Mentalität der Insassen liegen, schließlich sind die Männer hier, weil sie unter anderem weniger Einfühlungsvermögen als die meisten anderen Menschen besitzen. Dass ihm auffällt, dass er unter diesen verkrachten Existenzen gerne jemanden hätte, den er »Freund« nennen könnte, führt er auf die kurze Zeit mit Julia zurück. Julia und ihre kleine Tochter. Die beiden haben ihm eine Welt gezeigt, von der er nicht mal im Ansatz eine Ahnung hatte. Er hat so eine Freude daran gehabt, dass er unbedingt für immer so leben wollte. Aber dann kam alles ganz anders. Ist die Tatsache, dass er sich einen Freund, einen Vertrauten wünscht, ein gutes Zeichen? Charly wird bei nächster Gelegenheit mit der Therapeutin darüber sprechen.

***

Einige Monate sind vergangen. Die Tage ziehen sich zäh dahin, so dass sie Charly endlos vorkommen. Er hat inzwischen einen Fernseher, sodass er immerhin am Geschehen in der Welt teilhaben kann.

Fußball macht Spaß, vier Stunden in der Woche sind dafür vorgesehen. Sein Knie macht ihm allerdings Probleme, er kann nicht mehr so ausdauernd laufen, wie früher. Nach jedem Training schmerzt es noch eine Weile.

Kontakte mit anderen Gefangenen hat er nicht knüpfen können, es sind ebenso gefühlsarme Gesellen, wie er einer war. Er fühlt sich nicht mehr zu diesen Personen zugehörig. Die zwei Monate, die er mit Julia und deren entzückender Tochter Angelina verbracht hat, haben ihm den Blick in eine andere Welt eröffnet. Eine Welt mit Gefühlen, mit Freude und Glück. Ein Glück, das er bis dahin nicht gekannt hat.

Ein neues Hobby erfüllt ihn mit viel Vergnügen - Lesen. Früher hat er nicht einmal eine Zeitung zu Ende gelesen, nun verschlingt er alle paar Tage ein Buch. Einmal im Monat wird er zur Gefängnisbücherei geführt. Hat er mit nur einem Buch zur Ausleihe angefangen, hat er jetzt jedes Mal ein Dutzend dabei, die inzwischen nicht mehr genügen, um seinen Lesehunger bis zum nächsten Monat zu stillen.

Er vertieft sich in jedes Buch und lässt die geschriebenen Worte Realität werden. Wie in einem Traum läuft die Handlung in seinem Kopf ab. Er bedauert alle, die am Lesen keine Freude finden. Für ihn ist es ein Genuss, außerdem geht die Zeit schnell vorüber. Sehr viel rascher, als wenn er sich auf seinem Bett wälzen würde und die Vergangenheit in seinen Tagträumen wieder aufleben ließe.

Einen besonderen Genuss empfindet er beim Lesen von Liebesromanen, mögen sie noch so kitschig sein. Sie gaukeln ihm Geschichten vor, die er selbst nie erlebt hat. Seine Freundinnen waren nur Bett-Gespielinnen, keine ernsthaften Geliebten. So versinkt er beim Lesen der Bücher in eine Welt, die nicht real ist, ihm jedoch eine nie gekannte Gefühlswelt vermittelt.

Charly Kaufmann hat zehn Jahre seiner Strafe abgebüßt. Seine Haft-Beraterin ist nach wie vor Doktor Julia Voigt. Bei ihr als auch bei ihm zeigen sich einige graue Strähnen im Haar, die Zeit ging an ihnen beiden nicht spurlos vorbei. Heute hat Frau Doktor Voigt eine besondere Information für ihn. „Charly, ich habe die große Freude, ihnen mitteilen zu können, dass Sie in drei Monaten in den offenen Vollzug in die JVA Bremervörde verlegt werden. Das bedeutet, dass Sie zwar in der Nacht eingeschlossen werden, aber sich tagsüber fast wie ein freier Mensch bewegen können. Sie werden die Haftanstalt verlassen können und dürfen in der nahegelegenen Ortschaft - Bremervörde - spazieren gehen und zum Beispiel einkaufen. Dass die Gefängnisverwaltung dem zugestimmt hat, sehe ich als Zeichen ihrer guten Führung. Es würde mich nicht wundern, wenn ihre Haft verkürzt werden würde. Weiter so! Dann ist ihre Entlassung nicht mehr fern.“

Sein erster Impuls ist Freude. Der zweite ist Furcht vor dem Unbekannten. Er hat draußen keine Freunde. Charly wird klar, dass er seinen Tagesablauf draußen selbst organisieren müsste. Es ist recht bequem, dass die tägliche Routine von anderen geplant wird. Essen, schlafen, arbeiten, alles ist klar strukturiert.

Frau Voigt bemerkt sein Zögern. „Das wird schon, machen Sie sich keine Gedanken. Bis zur Entlassung dauert es noch Jahre. Der offene Vollzug ist quasi eine Übung für später, wenn Sie endgültig in der Welt da »draußen«“ sie setzt das Wort mit den Fingern in Gänsefüßchen, „klar kommen sollen. Bis dahin werden Sie mit mir vorliebnehmen müssen, in der JVA Bremervörde wird sich ein Kollege, oder eine Kollegin um Sie kümmern."

Aufgewühlt wird Charly in seine Zelle zurückgeführt. Das wird der größte Einschnitt in seinem Leben seit zehn Jahren sein. Soll er sich freuen? Zu früh, wenn man ihn fragen würde. Wie Doktor Voigt richtig sagte: es wird noch Jahre dauern, bis er sich mit der Entlassung auseinandersetzen muss. Er will sich lieber um das hier und jetzt kümmern. Möglicherweise gibt es neue Bücher in der Bibliothek, er hat alle hier verfügbaren mindestens einmal gelesen.

Drei Monate später ist es soweit. Mit zwei anderen Häftlingen wird Charly in einem blauen Transporter mit der Aufschrift »Justiz« auf der Seitenwand, vom Gefängnis in Celle in die Justizvollzugsanstalt Bremervörde gebracht. Es ist das Jahr 2016, bis jetzt hat Charly elf Jahre hinter Gefängnismauern verbracht. Es war eine lange, öde Zeit, die er oft in erdrückender Nähe einer Depression zubrachte. Eintönigkeit und Langeweile. Die Bücher und das Fernsehen waren oft ein Rettungsanker, ebenso der Ballsport dreimal in der Woche.

Justizvollzugsanstalt Bremervörde, eine neue Haftanstalt. Charly sieht neugierig durch die vergitterten Fenster des Fahrzeuges, in dem sie seit drei Stunden ausharren.

„Hat einer von euch schon mal etwas von dem Gefängnis in Bremervörde gehört?" fragt er seine Mitfahrer, die bisher geschwiegen haben.

„Wozu soll das gut sein?", antwortet einer von ihnen, ein kleiner, schlanker Mann. „Gefängnis ist Gefängnis. Kennt man eines, kennt man alle."

Charly mustert ihn nachdenklich. Es gibt offenbar noch Gefängnis-Insassen, denen die Haft auf den Verstand geschlagen ist. „Na, weißt du, das ist fast neu, mit unserem Gefängnis in Celle, das hunderte von Jahren alt ist, ist das nicht zu vergleichen."

Doch sein Mitfahrer antwortet nicht. Der andere Passagier blickt teilnahmslos aus dem Fenster, er scheint an keinem Gespräch interessiert zu sein.

Seit drei Jahren ist die Anstalt in Bremervörde bezugsfertig, hat ihm der Vollzugsbeamte erzählt. Kein Vergleich mit der alten Anstalt in Celle, die sich auf das Mittelalter zurückführen lässt. Alles ist neu, der Rasen und die Büsche sind frisch angelegt.

Die Zellen sind modern, man kann erkennen, dass sie erst drei Jahre alt sind. Die Türen haben einen doppelten Verschluss – ein Schloss mit Schlüssel und einen zusätzlichen Riegel. An einen Ausbruch hat Charly ohnehin nie gedacht. Was soll er in der sogenannten Freiheit machen? Zu wem kann er gehen und sich verstecken? Sein »Freund« Victor Gargarin, wenn man ihn überhaupt so nennen kann, ist sicher schuld an seiner Lage. Aus Sorge, Charly könnte ihn absichtlich oder versehentlich verraten, hat er alle umgebracht, die ihm nahestanden. Auch Julia. Sie ist die Einzige, die ihm fehlt, kein Ausbruch kann sie ihm wiederbeschaffen. Er hat sich mit dem Leben hinter Gittern abgefunden, es ist eben das Leben, das er verdient hat.

Nach zwei Tagen steht ein Gespräch mit dem Leiter der Anstalt an. Charly kennt diese Art Räume, sie sind klein und funktionell. In einer Ecke befindet sich eine Kamera, durch die er ständig beobachtet werden kann.

Charly wird gebeten, Platz zu nehmen. Kurz danach tritt Doktor Arne Wieben ein, ein schlanker, drahtiger Mann Mitte vierzig. Er begrüßt seinen Neuankömmling. „Guten Tag, Herr Kaufmann. Ich heiße Sie in der Haftanstalt Bremervörde willkommen." Er setzt sich und schlägt eine Mappe auf, die er mitgebracht hat. „Sie sind also zu 25 Jahren Haft verurteilt worden. Das ist mehr, als wir hier gewöhnlich bearbeiten. Unsere Gefangenen sitzen nur maximal 5 Jahre. Ich habe zwei Gründe als Erklärung. Erstens werden Sie wahrscheinlich an unserem offenen Vollzug teilhaben, zum anderen vermute ich, dass ihre Haftzeit um ein paar Jahre verkürzt werden wird. Das ist aber nicht meine Entscheidung, das wird vom Haftrichter und unserem Gefängnispädagogen entschieden. Ich werde lediglich nach meiner Einschätzung gefragt." Er bricht kurz ab und legt seine Finger gegeneinander. „Sie waren bisher ein unauffälliger Häftling. Machen Sie weiter so. Unser Ziel ist es, dass Sie sich am Ende der Haft in ein geregeltes Leben ohne Schwierigkeiten einordnen können. Möglichst ohne rückfällig zu werden. Bisher haben wir das bei allen Entlassenen erreicht. Es waren allerdings noch nicht viele, so lange existiert unser Gefängnis noch nicht. Sie dagegen sind der Erste Häftling mit einer sehr langen Haftstrafe. Ich gestehe, dass wir gespannt sind, ob wir Erfolg bei Ihnen haben werden. Nachdem, was ich in Ihren Akten lese, ist Ihre Prognose gut." Er blickt Charly aus seinen grauen Augen an. „Was sagen Sie dazu? Bisher habe ich als Einziger geredet."

Charly räuspert sich. „Ich kann mir zurzeit ein Leben in Freiheit nicht vorstellen. Das Leben im Gefängnis erscheint mir als das Los, das ich verdiene. Ich lebe, man kümmert sich um mich, das ist mehr, als ich in meinem Leben bisher gekannt habe."

Der Leiter sieht ihn eine Weile nachdenklich an. „Das klingt, als hätten Sie mit einem Leben nach der Haft abgeschlossen, dabei sollten Sie doch noch so 20 bis 30 Jahre vor sich haben, wenn Sie entlassen werden. Kopf hoch, wir werden tun, was in unserer Macht steht, damit Sie ihrer Entlassung froh entgegensehen. Sie sollen schließlich nicht wieder rückfällig werden, um erneut den »Vorteil« einer Haftstrafe zu erlangen. Sie sollen nach Möglichkeit den Rest Ihres Lebens, wenn nicht genießen, so doch mindestens anständig und menschenwürdig verbringen." Er blickt wieder in seine Mappe und fügt ein paar Notizen hinzu. „Sie haben bisher mit Freude am Ballsport teilgenommen? Die Möglichkeit haben Sie bei uns auch. Außerdem könnten Sie an Weiterbildungsmaßnahmen teilnehmen. Ich lasse Ihnen eine Information hier, die können Sie sich in Ruhe ansehen." Er schiebt Charly eine Broschüre hinüber. „Hier, sehen Sie sich das an. Sie sind Kfz-Mechaniker, habe ich gelesen? Dann würde ich vorschlagen, dass Sie sich die Themen Metallbau und kaufmännische Grundlagen ansehen. Falls Sie sich zum Meister weiterbilden wollen, wären das sehr gut geeignete Kurse."

Charly sieht ihn überrascht an. Nie im Leben hätte er eine Weiterbildung in Betracht gezogen, vielleicht ist der Gedanke gar nicht so schlecht. „Äh, ja. Natürlich. Vielen Dank für den Hinweis."

Fußball kann Charly wieder spielen, es gibt verschiedene Sportgruppen in dieser Haftanstalt. Außerdem lernt er in kleinen Kursen zu zeichnen und zu malen. Zuerst kam ihm die Idee wie Kinderkram vor, jetzt freut er sich auf jeden Kurs. Er stellt sich mit dem Pinsel ziemlich geschickt an.

Er lernt zu schweißen, das ist ihm nicht neu, es war Teil seiner Lehrlingsausbildung. Mit zwei Mitgefangenen stellt er Grillroste für den Shop der JVA her. Es erfüllt ihn mit Befriedigung, dass etwas, das er selbst hergestellt hat, für andere interessant ist. Das hat es in seinem ganzen Leben nicht gegeben.

Er lernt einen der Gefängnis-Pädagogen kennen. Er heißt Matthias Schulz und ist ein großer, kräftiger Mann, fast wie er selbst. Er hat, wie schon der Leiter der Haftanstalt, eine Mappe bei sich, in die er kurz einen Blick hineinwirft, bevor er ihn ansieht. „Hallo, Herr Kaufmann", begrüßt er ihn salopp. „Sie sind ein sehr unauffälliger Häftling mit ausgezeichneten Prognosen. Machen Sie weiter so, dann haben Sie es bald geschafft."

Charly mustert ihn skeptisch. Er weiß im Moment nicht, ob er sich über diese Aussage freuen oder ärgern soll. Was meint der Mann mit »bald«?

Herr Schulz lächelt ihn an. „Den Blick habe ich erwartet, Arne hat mich schon entsprechend informiert. Wir werden für Sie einen offenen Vollzug vorbereiten, danach sehen Sie ein Leben in Freiheit mit ganz anderen Augen an. Ich habe folgenden Vorschlag für Sie: Sie haben doch Kraftfahrzeugmechaniker gelernt, am Kursus für Metallbau haben Sie auch teilgenommen. Wir arbeiten mit einer Werkstatt hier im Gewerbegebiet zusammen, dort könnten Sie am Tage als Autoschlosser arbeiten - unter der Aufsicht des Meisters. Was sagen Sie dazu?" Er strahlt Charly an, sichtlich stolz über seinen Vorschlag.

Charly zögert, das klingt gut. Wahrscheinlich ist es das Beste, was ihm seit vielen Jahren passiert ist. Er nickt. „Okay, ich werde es versuchen."

„Na prima!" Der Pädagoge springt auf und drückt ihm die Hand. „Bei Ihnen habe ich ein besonders gutes Gefühl, das klappt bestimmt."

Der Pädagoge hat ein Treffen organisiert. Jetzt sitzt Charly im Büro des Werkstattleiters, Meister Böttcher, zusammen mit dem Pädagogen.

„Was haben Sie bisher im Bereich Kraftfahrzeuge gemacht, Herr Kaufmann?", fragt ihn der Meister.

Charly muss einen Moment überlegen, das ist schon ewig her. „Ich habe in einer Werkstatt für Lastkraftwagen gelernt, ich glaube es war die Marke MAN. Den gelernten Beruf habe ich etwa fünf Jahre lang ausgeübt."

„Dann wird Ihnen hier manches neu sein. Wir verkaufen verschiedene PKW-Modelle der Marken Renault, Dacia und Mitsubishi. Sie werden lernen, mit modernen Diagnose-Verfahren umzugehen. Der Vorteil ist, dass eigentlich alle Teile vom Gewicht her leichter sind, als das, was Sie von früher her kennen." Er lacht seinen künftigen Gesellen an.

Der Pädagoge macht ein amtliches Gesicht, er muss noch ein paar Verhaltensregeln loswerden. „Ich muss Sie auf ein paar Regeln hinweisen, ohne die ein offener Vollzug nicht möglich ist. Die ersten vier Wochen werden Sie, Herr Kaufmann, von einem Fahrzeug hierhergebracht und wieder abgeholt. Wenn alles zu unserer Zufriedenheit klappt, können Sie den Weg auch zu Fuß gehen, es sind lediglich ein paar hundert Meter, wir haben auch ein paar Fahrräder. Sie müssen sich morgens in der Werkstatt immer anmelden und abends abmelden, wir müssen zu jeder Minute des Tages wissen, wo Sie sich aufhalten. Sie erhalten einen Lohn, der sich in der Höhe des üblichen Lohnes für die Arbeit von Häftlingen bewegt." Er blickt Charly an und erhebt sich. „Ich lasse Sie jetzt zurück. Sie werden um 16:00 Uhr abgeholt."

Nun ist Charly mit dem Meister allein. „Wir arbeiten von Anbeginn an mit der JVA zusammen, das ist bisher zu beider Vorteil gewesen, oder wie man heute sagt, eine win-win Situation. Er legt die Fingerspitzen aneinander, wie er es bei Politikern gesehen hat, wenn diese die win-win Redewendung in Talkshows benutzen und lacht schallend.

Charly grinst schief, er weiß nicht, was der Meister meint. Dieser wird wieder ernst. „Ich erwarte, dass Sie sich in unseren Betrieb einfügen, dann werden wir gut miteinander auskommen. Ich stelle Sie jetzt Ihren Kollegen vor." Er steht auf, Charly folgt ihm, gespannt auf die weitere Entwicklung.

Es gibt noch fünf weitere Gesellen und zwei Auszubildende, die ihm vorgestellt werden. Sie haben alle Erfahrung mit Häftlingen aus der Justizvollzugsanstalt. So findet sich Charly schnell in den Betrieb hinein.

***

Die Jahre gehen dahin. Weihnachten folgt auf Weihnachten. Frühling auf Frühling. So kommt es Charly vor. Das liegt wohl daran, dass immer alles gleich ist, es passiert nichts Außergewöhnliches. Mal ein Streit unter den Gefangenen, auch mal eine Schlägerei. Charly kommt es vor, wie ein normales Leben. Er geht morgens zur Arbeit und kommt am frühen Nachmittag nach Hause. Das »zu Hause« ist in diesem Fall das

Gefängnis. Um 6:00 ist Aufschluss, um 19:15 ist Nachteinschluss. Tagsüber arbeitet er in der Werkstatt des Autohauses. Er spricht mit seinen Kollegen, als wäre er ein ganz normaler Mitarbeiter und nicht ein Verbrecher. Er erfährt von den Hobbies und den Sorgen seiner Arbeitskameraden. Sie erzählen ihm von ihren Frauen und den Kindern und wohin sie im Urlaub fahren wollen. Charly lebt und arbeitet mitten zwischen Ihnen. Das Leben gefällt ihm, er stellt sich mitunter vor, dass er frei sein könnte, dann wäre es genauso, mit dem Unterschied, dass er in der Nacht nicht eingeschlossen werden würde. Mitunter denkt er an Julia. Wie schade, dass sie das nicht mehr miterleben durfte.

Einmal wird er gefragt, warum er denn »sitzt«.

Er berichtet von seiner Aufgabe als Vollstrecker für einen Boss auf der Reeperbahn. Dass man dabei auf die schiefe Bahn kommen kann, können seine Kollegen leicht nachvollziehen. Von den Menschen, die er getötet hat, sagt er besser nichts.

***

Eines Tages gibt es wieder ein Treffen mit dem Leiter der Anstalt. Es muss etwas Besonderes vorliegen, denn normalerweise bekommt man ihn nicht zu sehen.

„Ihre Zeit als Häftling geht bald dem Ende zu, Herr Kaufmann. Ihre Führung ist sehr gut, auch von der Autowerkstatt hören wir nur Gutes. Sie werden ihre Haft nach insgesamt 18 Jahren verlassen können, so ist es vom Gefängnisrat vorgeschlagen und gestern vom Haftrichter genehmigt worden. Ihr letzter Tag bei uns wird in drei Monaten sein, ich denke, Sie werden sich darauf freuen." Er strahlt seinen Häftling an.

Es dauert einen Moment, bis die Nachricht in ihrer ganzen Bedeutung bei Charly angekommen ist. Er hat seine Entlassung immer in weiter Ferne gesehen, jetzt ist es plötzlich soweit! Was ist schon ein Vierteljahr bei 18 Jahren! Er freut sich, er freut sich wirklich, wie ein Kind zu Weihnachten. Ihm fehlt für einen Moment die Stimme. Er räuspert sich. „Das ist wirklich sehr schön. Ich freue mich sehr über die Entscheidung." Er wischt sich eine Träne aus dem Augenwinkel. Tatsächlich, er ist ein Weichei geworden.

Das Vierteljahr geht auf der einen Seite rasch vorbei, auf der anderen Seite tröpfeln die Tage unerträglich langsam dahin. Jeden Tag zählt er die Minuten und die Stunden.

Der Gefängnis-Pädagoge bereitet ihn auf die Entlassung vor. Er erfährt, dass ihm bei der Vermittlung einer Wohnung geholfen werden wird. Der ganze Papierkram mit den Behörden wird von der Verwaltung des Gefängnisses abgewickelt. Es ändert sich alles, seine Kranken- und die Rentenversicherung sind nur ein Teil davon.

Am meisten freut es ihn, dass er weiterhin Mitarbeiter des Autohauses bleiben darf, wenn er möchte.

„Nehme ich dann nicht einem anderen Häftling den Platz weg?", fragt er besorgt. Solche Gedanken hat er früher nicht gekannt, er wundert sich inzwischen nicht mehr über seine Verwandlung.

„Das ist kein Problem, es gibt zum einen gerade keinen Häftling mit einem Hintergrund als Kraftfahrzeugmechaniker, zum anderen werden in der Werkstatt genügend Arbeitsplätze angeboten."

Charlys Bewährungshelfer findet eine Wohnung in Bremervörde. Das ist gut so, dann kann er zu Fuß zu seiner Arbeitsstätte gehen, die weiterhin das Autohaus in der Rudolf-Diesel Straße sein wird.

***

Heute ist der 15. Mai 2023, der Tag der Entlassung. Charly schlief die letzten Tage kaum noch richtig, er ist aufgeregter, als er es sich je hat vorstellen können.

Doch schließlich ist es soweit. Er steht vor dem gepanzerten Büro neben dem Tor in der hohen Mauer, mit einer Tasche und den Entlassungspapieren in der Hand.

Kuddel, sein Lieblings-Vollzugsbeamter, hat ihn begleitet. Charly umarmt ihn. „Tschüß, mein Lieber. Meine Tage sind gezählt, während du hier weiterhin ausharren musst."

Kuddel, oder auch Kurt Schumann, lächelt. „Mach es gut, Charly. Vergiss nicht, dass ich hier die Vollmacht über die Schlüssel habe." Er drückt ihm die Hand. „Ich will dich hier nie wieder sehen!"

„Versprochen, ich werde mich artig benehmen."

Charly legt seine Entlassungspapiere in eine Schublade, die geschlossen und dann vom Torwächter zu sich herübergezogen wird. Der wirft einen Blick darauf, setzt seine Unterschrift darunter, dann ist auch dieser Schritt erledigt.

„Eben war eine bildschöne Lady hier und hat nach Ihnen gefragt", hört Charly die Stimme aus dem Lautsprecher. Er zermartert seinen Kopf. Wer sollte ihn denn hier abholen wollen? Und dann noch eine »bildschöne Lady«? Da fällt ihm absolut niemand ein. Wer weiß überhaupt, dass er heute und jetzt entlassen wird?

„Sie wollen mich verkohlen", gibt er zur Antwort in das Mikrofon.

„Nein, ganz im Ernst. Eine unglaublich hübsche Blondine hat nach Ihnen gefragt. Hier, sehen Sie selbst." Er zeigt auf einen der Monitore, die die Straßen vor dem Gefängnis zeigen. Tatsächlich, dort parkt ein Auto, eine junge Frau steht daneben. „Wenn ich Sie wäre, würde ich so eine Frau nicht warten lassen." Er lächelt den Monitor an.

Von seinem Standpunkt außerhalb des Büros kann Charly nicht viel sehen. Es genügt jedoch, eine Frau zu erkennen. Jetzt geht sie auf das Tor zu.

Charly greift nach seiner Tasche, dann wird er in die Personenschleuse hinein gelassen. Er winkt den beiden Bediensteten zum letzten Mal zu, hört die Schlösser knacken. Zuerst schließt das innere, dann öffnet das Schloss für die Tür in die Freiheit.

Charly drückt sie auf und steht einen Moment später auf der Straße, in der strahlenden Sonne.

Eine junge Frau steht dort, lediglich ein paar Meter entfernt. Sie hält eine Fotografie in der Hand, auf die sie jetzt blickt, dann richtet sie ihre Augen auf Charly. „Sind Sie Herr Kaufmann?"

Er mustert sie neugierig und zermartert sein Gehirn. Sie mag Anfang 20 sein. Sie sieht unglaublich gut aus, mit einer schlanken Figur und schulterlangen, blonden Haaren. Ihr Gesicht ist einfach unbeschreiblich, irgendwo hat er schon ein ähnliches gesehen. „Julia?", platzt es aus ihm heraus, obwohl es nicht sein kann, denn Julia ist tot. Außerdem müsste sie etwa zwanzig Jahre älter sein.

Die junge Frau lächelt, es ist, als täte sich das Paradies auf. „Nein. Julia war meine Mutter. Ich bin Angelina." Sie hält

Charly die Fotografie hin, sie ist an einem Strand aufgenommen worden. Es stammt sicher von einem der Schwestern Vollmers. Links im Bild ist eine junge Frau, es ist Julia, ganz rechts ist ein großer Mann mit Badehose. Das Bild ist unscharf, der Mann ist nicht zu erkennen. Zwischen dem Mann und der jungen Frau ist ein Kind, das beide an der Hand halten.

„Das ist alles, was ich von Ihnen habe. Ich habe einen Detektiv beauftragt, Sie ausfindig zu machen. Der hat mir Ihren Entlassungstermin mitgeteilt." Sie zeigt zu ihrem Auto, ein Kleinwagen. „Kann ich Sie irgendwohin mitnehmen? Ich habe den ganzen Tag Zeit und möchte so viel von Ihnen erfahren."

„Das kann ich verstehen. Als ich über mein Leben nach der Haft gegrübelt habe, wen ich kenne noch, wer könnte sich an mich erinnern, habe ich nicht einen Moment an Sie gedacht. Klar, ich dachte oft an die Zeit mit Ihrer Mutter und an Sie als kleines Kind, an Krautsand, aber jetzt? Nach meiner Entlassung nach so vielen Jahren? Ich habe angenommen, ich würde Sie nie wiedersehen." Charly schluckt. Er hat Mühe, seine Gedanken zu ordnen. „Man hat mir eine Wohnung hier in Bremervörde zugewiesen. Ich schlage vor, dass wir uns ein nettes Restaurant oder so etwas suchen, um eine Kleinigkeit zu essen." Das erste Essen in Freiheit!, geht ihm durch den Kopf. „Dann haben wir Zeit genug, zu reden. Es gibt eine Menge, das ich wissen möchte."

„Perfekt, da finden wir hier bestimmt etwas."

Sie entdecken ein schönes Restaurant an der Bundesstraße. Sie sitzen sich gegenüber und mustern sich schweigend.

„Entspreche ich deinen Vorstellungen?", fragt er mit einem Lächeln, das »Sie« hat er als unsinnig abgelegt.

Sie erwidert sein Lächeln, ein Lächeln, das überirdisch zu sein scheint. „Ich hatte keine genaue Vorstellung. Das einzige, was ich von dir wusste, waren die Erzählungen von Stefanie und Claudia Vollmers. Die haben mich aufgezogen, auf die Schule geschickt und mir später einen Lehrberuf besorgt. Die Prüfung zur Bürokauffrau habe ich letztes Jahr abgelegt, nun arbeite ich mit Festanstellung bei der Airbus Corporation in Stade-Ottenbeck." Sie lächelt in sich hinein. „Dort habe ich meinen Verlobten kennengelernt. Er ist Flugzeugingenieur bei Airbus in Finkenwerder. Wir wollen nächstes Jahr heiraten, du bist natürlich jetzt schon eingeladen."

Charly kann es nicht fassen. „Stopp! Das geht mir zu schnell. Du erzählst dein ganzes Leben in zwei Minuten." Sie hat genau den Weg eingeschlagen, den er für ein eigenes Kind als perfekt empfunden hätte. „Was haben die beiden alten Damen denn zu der ganzen Geschichte gesagt? Das muss doch ein Riesenschreck für sie gewesen sein! Julia tot und ich im Knast. Ganz zu schweigen von den anderen Getöteten."

Angelina streicht sich mit der Hand durchs Haar und seufzt. „Das stimmt. Die beiden waren absolut am Ende. Sie konnten zuerst nicht glauben, was sie hörten. Ich habe nicht so viel mitbekommen, aber sie haben mir später erzählt, dass sie Stunden und Stunden mit Therapeuten, der Polizei und dem Jugendamt gesprochen haben. Da war schließlich noch ein Mann, der als mein Großvater galt. Gottlob hatte er null Interesse an mir, nicht mal das Pflegegeld, das er erhalten hätte, konnte ihn dazu bringen, sich eine Dreijährige ins Haus zu holen. Stefanie und Claudia haben keine Sekunde gezögert, mich aufzunehmen, und schließlich gab das Jugendamt nach. Jetzt sind die beiden natürlich sehr alt und wohnen im betreuten Wohnen. Dort besuche ich sie, so oft ich kann. Ich bin ihnen sehr dankbar."

Er seufzt. „Meine Geschichte hört sich nicht so wunderbar an, sie ist im Gegenteil eher furchtbar. Ich werde dir davon nicht erzählen, es hat auf jeden Fall ausgereicht, mich lebenslang hinter Gitter zu schicken."

Sie nickt. „Das habe ich erwartet. Stefanie und Claudia haben hin und wieder einen Satz fallen lassen, wenn ich nachgefragt habe, haben sie rumgedruckst und sich bedeutungsschwere Blicke zugeworfen. Auch der von mir engagierte Detektiv hatte die Geschichte lediglich grob umrissen. Wenn es dir nichts ausmacht, hätte ich aber gerne gewusst, wie meine Mutter ums Leben gekommen ist."

Charly seufzt. „Ich weiß nicht, ob du dir das antun solltest. Ich fühle mich heute noch schuldig an ihrem Tod, weil ich glaube, dass ich besser auf sie hätte achtgeben sollen."

„Ich muss die Einzelheiten wissen. So wie ich das weiß, war sie doch als Prostituierte bei dem Massaker an der Elbchaussee dabei. Vielleicht wollte man sie als gefährliche Zeugin auslöschen."

Charly sieht sie entgeistert an. „Du weißt davon?"

„Der Detektiv hat mir alte Polizeiberichte besorgt, die ich gelesen habe. Ich kenne allerdings nicht die ganze Geschichte, die ich bei Gelegenheit von dir erfahren möchte."

„Also gut. Wir werden darüber reden. Nur eines möchte ich jetzt schon loswerden: Denke nicht schlecht von deiner Mutter, sie war das Produkt Ihrer Umgebung. Schließlich ist ihre Mutter ebenfalls Prostituierte gewesen und hat nicht einmal versucht, ihre Tochter vor so einem Schicksal zu bewahren. Vielleicht konnte sie nicht. Julia ist dir immer eine gute Mutter gewesen, sie hat sich um dich gesorgt und hat immer versucht, dich behütet aufwachsen zu lassen. Sie und die spätere Erziehung durch die Schwestern Vollmers haben sicher ihren Teil daran gehabt, dass du so eine wunderbare junge Frau geworden bist."

Angelina sieht nachdenklich in ihr Glas. „Ich denke, du übertreibst. Etwas Wahres dürfte aber daran sein."

Stunden später setzt Angelina ihn an seiner Wohnung ab. Sie nehmen sich fest in die Arme und beschließen, sich regelmäßig zu sehen.

„Deinen Künftigen will ich noch kennenlernen", erinnert er sie. Hör mal, du sagst dem jungen Mann aber nicht, wo du mich aufgegabelt hast, oder? Das wäre mir unangenehm. Vielleicht nimmt er dich dann nicht." Charly grinst schief.

„Also ehrlich! Einen Mann, der unsere Liebe davon abhängig macht, ob meine Freunde gesellschaftsfähig sind, kann mir gestohlen bleiben. Wir werden dich in den nächsten Tagen einladen. Ob es dir passt oder nicht!"

Sie winkt ihm zu, schenkt ihm wieder ein unbeschreibliches Lächeln, geht zu ihrem Auto und lässt einen glücklichen Mann zurück.

Weitere Bücher des Autors

Hat Ihnen dieser Roman gefallen? Vielleicht interessieren Sie sich für die anderen Romane des Autors?

Unter seinem richtigen Namen sind, mit diesem, fünf lokale Kriminalromane erschienen, weitere sind in Vorbereitung. Die ersten drei sind die Fälle des Kommissar-Gespannes Krüsmann und Hansen. Sie spielen in der Niederelberegion zwischen Stade und Cuxhaven.

- Der Kreidestrich

  ist ein Krimi, der vor fünfzig Jahren handelt, die Zementfabrik in Hemmoor spielt eine wichtige Rolle. Hier findet eine vor den Schergen ihres Zuhälters geflohene Prostituierte Arbeit. Dieser Roman ist der erste Fall der Kommissare Krüsmann und Hansen.

- Fähre ins Jenseits

  Der zweite Fall der Kommissare Krüsmann und Hansen. Auf der Schwebefähre in Osten wird der ehemalige Kommandant eines Konzentrationslagers von einem früheren Häftling wiedererkannt. Um der Bestrafung zu entgehen, beginnt eine Spirale des Todes.

- Die Chemie stimmt

  Ein Chemieriese will an der Elbe bei Stade ein neues Werk errichten.

  Die Besitzer der Ländereien wittern das große Geschäft, Neid auf den Besitz des anderen entsteht.

Ein junges Paar gerät in die Verstrickungen zwischen den Landbesitzern, an einem Mord muss sich ihre Liebe beweisen.

Die Hoffnungen und Sorgen der Anwohner der Industriegiganten werden lebendig.

- Sommer der Diebe

Heranwachsende in Stade spielen Mitte der 80er Jahre Detektiv, das Spiel wird unerwartet bedrohlich.

Die Täterjagd wird für die 13-jährigen Heranwachsenden plötzlich gefährlich, aus dem Spiel wird bitterer Ernst.

- Mord mit Absicht

Bei einem Bankraub erbeuten drei Männer eine riesige Geldmenge, es ist Eigentum der Mafia. Eine gnadenlose Jagd durch einen skrupellosen Verfolger entlang der deutschen Fährstraße beginnt. Fünf Morde rufen die Polizei auf den Plan.

- Die Kommissarin und der Teufel

Ein geistig gestörter Mann hält sich für den Teufel und ist in der Lage, den Tod vorherzusagen. Diese Fähigkeit wird von einem Verbrecher erkannt und für erpresserische Zwecke genutzt.

Kommissarin Hansen begegnet zufällig dem Teufel in dessen irdischen Funktion. Der hält sie für einen Engel, er beginnt an seiner Position als Herrscher der Unterwelt zu zweifeln und verliert seine Fähigkeit, den Tod vorherzusagen.

Der Verbrecher, der ihn ausnutzt, will das nicht akzeptieren. Er plant, die Kommissarin in einer spektakulären Zeremonie zu töten, um so das Weltbild des Teufels wiederherzustellen. Nur irdische Mächte können ihr jetzt noch helfen.

Der Roman spielt 2016 in der Umgebung von Stade und Freiburg.

- Der feurige Elias – die Kehdinger Kreisbahn

Der angehende Lokomotivführer Klaus Wulff verliebt sich in die hübsche Helferin des Apothekers in Freiburg. Doch seine Freundin weckt auch das Interesse des Bürgermeistersohnes. Er hat mehr Geld und die besseren Verbindungen und kann sich so gegen den Lokführer behaupten. Ein Streit zwischen beiden macht die Runde. Eines Tages wird der Kontrahent tot aufgefunden, der junge Lokführer wird verdächtigt, den Sohn des Bürgermeisters erschlagen zu haben, und landet im Gefängnis. Die Polizei konzentriert sich auf das Naheliegende. Kann jetzt noch jemand helfen?

Die vor 100 Jahren stillgelegte Kehdinger Kreisbahn ist das Transportmittel von Kehdingen, der Leser lernt die gegend und die Probleme der armen Bevölkerung kennen.

- Schneewittchen

Ein junges Mädchen wird als Haushaltshilfe in einer Wohngemeinschaft aus sieben Männern zwangsverpflichtet. Die werden zunehmend zudringlich, schließlich stirbt einer von ihnen, es folgen weitere in den Tod.

War es das „Schneewittchen"?

Die Polizei untersucht die Todesfälle, sie erfährt eine Mauer des Schweigens.
Ein Kriminalbeamter wird undercover eingesetzt, kann er das Schweigen brechen?
Er erfährt vom Schneewittchen die wahren, erschreckenden Hintergründe.

Der Roman spielt 2018 in Hechthausen und Umgebung.

Ein hübsches Mädchen als Haushaltshilfe bei sieben Männern - kann das gutgehen?

Unter dem Pseudonym »Allan Greyfox« sind von Peter Eckmann folgende Bücher erschienen:

- Töchter des Stahls – Amerika von 1922 – 1947

  Ein historischer Roman

  Der Werdegang eines jungen Mannes wird beschrieben, sowie die Entwicklung eines schönen und reichen Mädchens. Die schwierigen Zeiten mit ihren Verbrechern und der Not der damaligen Zeit wird mit ihnen lebendig. Die Geschichte der Protagonisten findet in den folgenden hardboiled-Krimis ihre Fortsetzung.

- Der Tod im Paradies

  Ein scheinbar einfacher Fall entwickelt sich zu einem ausgewachsenen Verbrechen. Privatdetektiv Mike Callaghan lernt bei seinem ersten größeren Fall Freunde, Verbrecher und ein hübsches Mädchen kennen.

  Der Roman schließt nahtlos an den historischen Roman „Töchter des Stahls" an. Das junge Mädchen und der erfahrene Detektiv entdecken ihre Freude sowohl aneinander, als auch an der Detektivarbeit.

- Schwarze Weihnachten in Manhattan

  Ein Weihnachtsmann stellt sich als sehr gefährlich heraus, unser Held muss Weihnachten und den Jahreswechsel 1947/48 im Gefängnis verbringen. Nur seine schöne Partnerin und seine Freunde können ihn jetzt noch vor der Todeszelle bewahren.

- Mit dem Fahrstuhl kam der Tod

  Der bisher letzte Fall der Detektei Callaghan. Ein defekter Fahrstuhl wird einem jungen Mädchen zum Verhängnis. Sie haben es mit einem harten Gegner zu tun, es sind Veteranen des Zweiten Weltkrieges, skrupellose Verbrecher und erfahrene Kämpfer.

Interessieren Sie sich für die Abenteuer vom Großvater des Detektivs, dem Gunfighter?

Dann könnten die folgenden vier Wildwest-Romane für Sie interessant sein:

- Vom Herumtreiber zum Gunfighter

- Der Reiter aus Laramie

- Das Tal der Siedler

- Die Minenstadt

Sie beschreiben den Weg eines jungen Herumtreibers zum gefürchteten Revolvermann. Er kehrt seinem bisherigen Leben als Kämpfer den Rücken und setzt seine Fähigkeiten als Wohltäter eines Tales ein.

Beachten Sie bitte auch meine Internet-Seiten:

www.allan-greyfox.de

sowie

www.peter-eckmann.de

Dort finden Sie Hintergrund-Informationen zu meinen Büchern.